Chouette t'aide à progresser !

6e

11-12 ANS

W0345828

Maths

Gérard Bonnefond
Daniel Daviaud
Bernard Revranche

 – ISBN : 978-2-401-08497-1

Hatier

TON TABLEAU DE BORD

Reporte la date à laquelle tu as fini chaque chapitre et coche la case qui correspond à ton résultat.

TEST

pour bien démarrer 4

NOMBRES ET CALCULS

		Page	Date	🙂	😐	🙁
1	Connaître les nombres décimaux	6	....	☐	☐	☐
2	Comparer des nombres décimaux	8	....	☐	☐	☐
3	Utiliser une droite graduée	10	....	☐	☐	☐
4	Additionner et soustraire des décimaux	12	....	☐	☐	☐
5	Multiplier des nombres entiers et décimaux	14	....	☐	☐	☐
6	Diviser avec des nombres entiers	16	....	☐	☐	☐
7	Diviser avec des nombres décimaux	18	....	☐	☐	☐
8	Considérer une fraction comme un quotient	20	....	☐	☐	☐
9	Calculer une fraction d'une quantité	22	....	☐	☐	☐
10	Utiliser des parenthèses	24	....	☐	☐	☐
11	Traiter des problèmes de proportionnalité	26	....	☐	☐	☐
12	Appliquer un taux de pourcentage	28	....	☐	☐	☐

ESPACE ET GÉOMÉTRIE

		Page	Date	🙂	😐	🙁
13	Connaître et construire des droites	30	....	☐	☐	☐
14	Construire des cercles	32	....	☐	☐	☐
15	Connaître et construire la médiatrice d'un segment	34	....	☐	☐	☐
16	Connaître les triangles particuliers	36	....	☐	☐	☐
17	Connaître les quadrilatères particuliers	38	....	☐	☐	☐
18	Construire des symétriques	40	....	☐	☐	☐
19	Reconnaître des axes de symétrie	42	....	☐	☐	☐
20	Connaître les parallélépipèdes rectangles	44	....	☐	☐	☐
21	Explorer des prismes et des pyramides	46	....	☐	☐	☐

Édition : Stéphanie Herbaut
Maquette de principe : Studio Favre & Lhaïk
Cartes mentales : Domino
Illustrations : Clémence Itssaga, Stéphanie Lezziero, Stéphane Mattern, Patrick Morize (dessins de la chouette)
Mise en pages et schémas : Grafatom
Achevé d'imprimer en France par IPS à Pacy-sur-Eure
Dépôt légal n°08497-1/03 - Juin 2023

PAPIER À BASE DE FIBRES CERTIFIÉES

Hatier s'engage pour l'environnement en réduisant l'empreinte carbone de ses livres. Celle de cet exemplaire est de : 700 g éq. CO_2
Rendez-vous sur www.hatier-durable.fr

IMPRIM'VERT — Votre imprimeur agit pour...

GRANDEURS ET MESURES

			Date	🙂	😐	☹
22	Calculer des durées	48	....	☐	☐	☐
23	Mesurer des longueurs et des masses	50	....	☐	☐	☐
24	Calculer la longueur d'un cercle	52	....	☐	☐	☐
25	Comparer et calculer des aires	54	....	☐	☐	☐
26	Connaître les unités d'aire	56	....	☐	☐	☐
27	Mesurer des volumes	58	....	☐	☐	☐
28	Mesurer et reporter des angles	60	....	☐	☐	☐

BILAN

pour faire le point 62

EN COMPLÉMENT

Les mémos

> dans les rabats de couverture
- Le formulaire de géométrie
- Les nombres décimaux
- Les calculatrices : prise en main
- Les unités de mesure

> à la fin du cahier
- Les mots clés

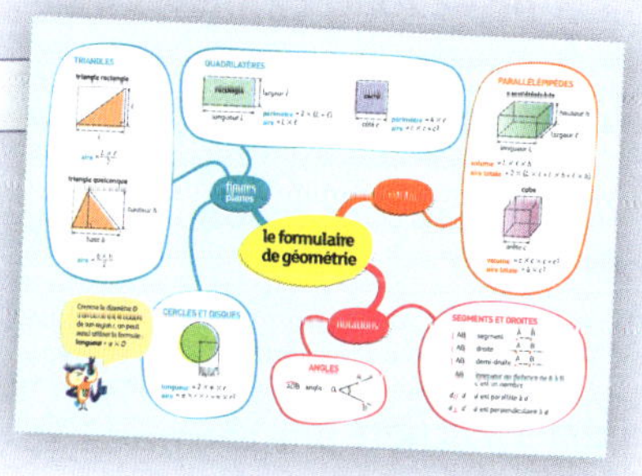

Le livret des corrigés

> au centre du cahier
- Tous les **CORRIGÉS** des exercices, avec des explications
- Des informations « spécial parents »

ENTRAÎNE-TOI AUSSI SUR LE SITE

hatier-entrainement.com avec :

des **exercices** interactifs
classés par thème du programme

> Flashe ce QR code pour accéder au site :

Test

Pour bien démarrer ton entraînement...

1. Réponds aux questions du test.
2. Utilise le corrigé page 2 du livret pour vérifier tes réponses.
3. En cas d'erreur, entoure le n° du chapitre : il est à réviser en priorité.

NOMBRES ET CALCULS

		CHAPITRE
1	Le nombre 3,045 est égal à : ☐ **a.** $3+\frac{4}{10}+\frac{5}{100}$ ☐ **b.** $3+\frac{4}{100}+\frac{5}{1000}$ ☐ **c.** $3+\frac{45}{100}$	1 p. 6
2	Si $a = 25{,}42$ et si $b = 25+\frac{2}{10}+\frac{4}{100}$ alors : ☐ **a.** $a < b$ ☐ **b.** $a = b$ ☐ **c.** $a > b$	2 p. 8
3	Trois points A, B et C sont sur une droite graduée. L'abscisse de A est 5, celle de B est 2 et celle de C est 3. Alors : ☐ **a.** A est entre B et C ☐ **b.** B est entre A et C ☐ **c.** C est entre A et B	3 p. 10
4	Calcule mentalement $25{,}61 - 3{,}4 + 0{,}001$. Tu trouves : ☐ **a.** 22,211 ☐ **b.** 22,58 ☐ **c.** 22,571	4 p. 12
5	Calcule mentalement $58{,}7 \times 0{,}01$. Tu trouves : ☐ **a.** 5,87 ☐ **b.** 58,07 ☐ **c.** 0,587	5 p. 14
6	Le reste de la division entière de 462 par 35 est : ☐ **a.** 13 ☐ **b.** 35 ☐ **c.** 7	6 p. 16
7	Le quotient arrondi à 1 près de 329 par 31 est : ☐ **a.** 11 ☐ **b.** 10,7 ☐ **c.** 10	7 p. 18
8	La fraction $\frac{18}{5}$ est égale à : ☐ **a.** 18,5 ☐ **b.** 13 ☐ **c.** 3,6	8 p. 20
9	Les $\frac{3}{7}$ de 42 font : ☐ **a.** 18 ☐ **b.** $\frac{45}{7}$ ☐ **c.** 98	9 p. 22
10	Le résultat de $0{,}1 \times (36 - 2) + (5 \times 10)$ est : ☐ **a.** 51,6 ☐ **b.** 53,4 ☐ **c.** 8,4	10 p. 24
11	Si tous les crayons sont au même prix et si 11 crayons coûtent 77 euros, alors 13 crayons coûtent : ☐ **a.** 79 euros ☐ **b.** 143 euros ☐ **c.** 91 euros	11 p. 26
12	Raphaël a acheté une chemise à 25 euros et un pantalon à 50 euros. Le marchand lui accorde 20% de réduction sur la chemise et 30% de réduction sur le pantalon. Raphaël va donc payer : ☐ **a.** 20 euros ☐ **b.** 55 euros ☐ **c.** 37,50 euros	12 p. 28

ESPACE ET GÉOMÉTRIE

		CHAPITRE
13	Les droites (AB) et (DC) de la figure sont perpendiculaires à la droite (AD). Donc (AB) et (DC) sont : ☐ **a.** parallèles ☐ **b.** perpendiculaires ☐ **c.** sécantes	13 p. 30
14	Par rapport à un cercle de centre O et de rayon 2 cm, un point M tel que OM = 4 cm est : ☐ **a.** à l'extérieur ☐ **b.** à l'intérieur ☐ **c.** sur le cercle	14 p. 32

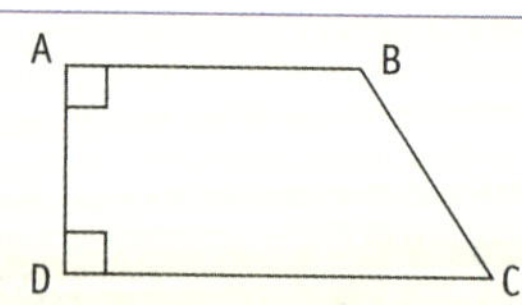

15 Sur la figure donnée, la médiatrice de [OU] :
☐ **a.** passe par F ☐ **b.** ne passe pas par F
☐ **c.** est parallèle à [UF]

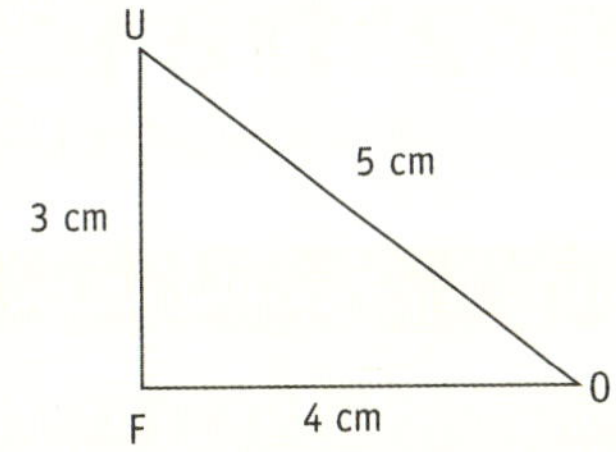

15 p. 34

16 Le plus long côté d'un triangle rectangle est appelé :
☐ **a.** l'hypoténuse ☐ **b.** la diagonale ☐ **c.** l'oblique

16 p. 36

17 Les diagonales d'un losange non carré sont :
☐ **a.** de même longueur ☐ **b.** perpendiculaires ☐ **c.** parallèles

17 p. 38

18 Les points O et I de la figure sont symétriques par rapport à la droite :
☐ **a.** (RT) ☐ **b.** (OI) ☐ **c.** (OR)

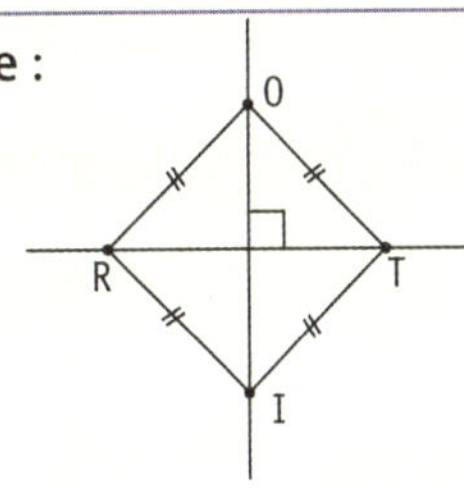

18 p. 40

19 Les axes de symétrie d'un rectangle non carré sont :
☐ **a.** les diagonales ☐ **b.** les médiatrices des diagonales ☐ **c.** les médiatrices des côtés

19 p. 42

20 Le nombre d'arêtes d'un parallélépipède rectangle est :
☐ **a.** 6 ☐ **b.** 9 ☐ **c.** 12

20 p. 44

21 Un prisme possède 8 sommets. Alors sa base est un :
☐ **a.** triangle ☐ **b.** quadrilatère ☐ **c.** octogone

21 p. 46

GRANDEURS ET MESURES

CHAPITRE

22 Entre 3 h 50 min 20 s et 5 h 30 min 10 s de la même demi-journée, il s'est écoulé :
☐ **a.** 1 h 39 min 50 s ☐ **b.** 2 h 20 min 10 s ☐ **c.** 9 h 20 min 30 s

22 p. 48

23 Quelle est la plus grande distance ?
☐ **a.** 5 m + 4 cm ☐ **b.** 0,54 dam ☐ **c.** 5 m + 40 mm

23 p. 50

24 Le périmètre d'un cercle de rayon 5 cm est :
☐ **a.** < 31,4159 cm ☐ **b.** = 31,4159 cm ☐ **c.** > 31,4159 cm

24 p. 52

25 L'aire d'un triangle rectangle dont les côtés de l'angle droit mesurent 14 cm et 9 cm est :
☐ **a.** 63 cm ☐ **b.** 63 cm^2 ☐ **c.** 126 cm^2

25 p. 54

26 1 560 dm^2 = ☐ **a.** 156 m^2 ☐ **b.** 15 600 m^2 ☐ **c.** 15,6 m^2

26 p. 56

27 Le volume d'un cube de 4 cm d'arête est égal à :
☐ **a.** 16 cm^3 ☐ **b.** 64 cm^3 ☐ **c.** 64 cm^2

27 p. 58

28 Les points A, O et B de la figure sont alignés. Et l'angle $\widehat{BOC}$ mesure 43°. Donc $\widehat{AOC}$ mesure :
☐ **a.** 86° ☐ **b.** 137° ☐ **c.** 47°

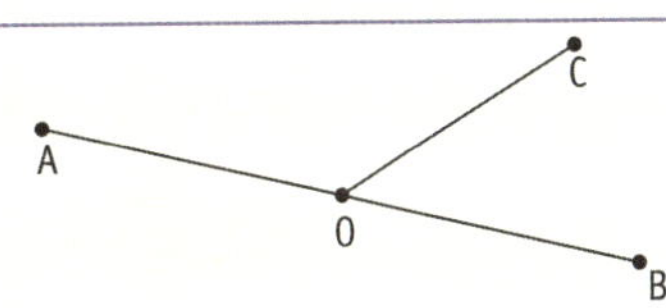

28 p. 60

NOMBRES ET CALCULS

1 Connaître les nombres décimaux

Que signifie l'écriture à virgule d'un nombre décimal ?

partie entière | partie décimale

2 3 4 7 , 0 2 5

2 milliers 2 000
3 centaines 300
4 dizaines 40
7 unités 7
0 dixième 0,0
2 centièmes 0,02
5 millièmes 0,005
2 347,025

Les chiffres écrits après la virgule sont les **décimales**. *Exemple :* 5 est la troisième décimale de 2 347,025.

1 Additions mentales

Sans poser d'opérations, trouve les nombres qui manquent.

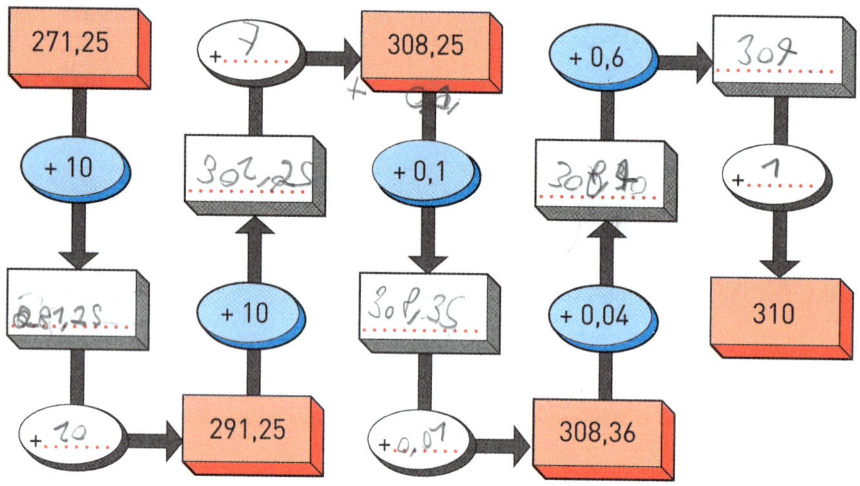

COUP DE POUCE
Que se passe-t-il quand on ajoute 10 ? Etc.

2 Des zéros inutiles

Réécris les nombres suivants en supprimant les zéros inutiles (lorsqu'il y en a).

003,8 = ... 040 = ... 013,50 = ... 040,0 = ...

13,508 = ... 10,07 = ... 75,0 = ... 1,001 0 = ...

057,040 = ... 0,000 30 = ... 0,000 1 = ... 020,020 = ...

COUP DE POUCE
Exemples :
054,7 = 54,7
15,10 = 15,1.
Mais :
4,02 ≠ 4,2.

3 Nombres décimaux égaux

Joins par un trait les nombres décimaux égaux.

03,70 30,70 03,07

3,070 3,700 030,70

4 Partie entière d'un nombre décimal

Inscris, au bout de chaque flèche, la partie entière du nombre donné.

a. 6,38 → ..6..........

b. 6,99 → ..6..........

c. 0,715 → ..0..........

d. 5 → ..5..........

e. 7,28 × 10 → ..72..........

f. 15,3 + 0,9 → ..16..........

ATTENTION !
Pour les deux derniers calculs, effectue l'opération avant de chercher la partie entière.

5 Dizaines et dixièmes, etc.

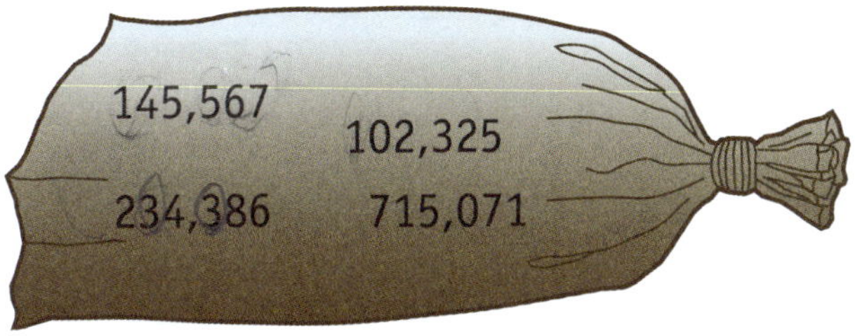

Parmi les quatre nombres enfermés dans ce sac,

a. celui qui a le chiffre des dizaines égal au chiffre des dixièmes est : ..234,386..........

b. celui qui a le chiffre des centaines égal au chiffre des centièmes est : ..715,071..........

6 Fractions décimales

a. Écris les nombres suivants avec une virgule.

$34 + \frac{1}{10} + \frac{2}{100} =$ ..34,12..........

$70 + \frac{9}{10} + \frac{1}{100} =$ ..70,91..........

$5 + \frac{5}{100} =$ ..5,05..........

$25 + \frac{7}{10} + \frac{2}{1000} =$ ..25,702..........

$\frac{1}{10} + \frac{8}{100} =$ ..0,18..........

$\frac{9}{10} =$ ..0,9..........

b. Écris les nombres suivants avec des fractions décimales.

15,78 = ..15 + 78/100..........

3,195 = ..3 + 195/10..........

30,04 = ..30 + 4/10..........

78,102 = ..78 + 102..........

53,700 = ..53 + 5/10..........

0,248 = ..0 + 248/10..........

INFO
Une fraction est décimale lorsque son dénominateur est 10, 100, 1 000...

7 L'entier le plus proche

Inscris, au bout de chaque flèche, le nombre entier le plus proche du nombre décimal donné.

a. 2,35 → ..2..........

b. 0,9 → ..1..........

c. 17,51 → ..18..........

d. 0,4 → ..0..........

e. 25,099 → ..25..........

f. 25,990 → ..26..........

INFO
Comme tu le verras dans la double page suivante, l'entier le plus proche est « l'arrondi à 1 près. »

CORRIGÉS P. 2

Comparer des nombres décimaux

Comment comparer des nombres décimaux ?

Les symboles <, >, ⩽ et ⩾

Quand je vois…	je dis…
<	« est strictement inférieur à »
>	« est strictement supérieur à »
⩽	« est inférieur ou égal à »
⩾	« est supérieur ou égal à »

- **L'ordre croissant** va du plus petit au plus grand : 2 < 4 < 5 < 10.
- **L'ordre décroissant** va du plus grand au plus petit : 100 > 90 > 70 > 50.

Méthode

5,24
4,351
On a 5 > 4, donc 5,24 > 4,351.

74,256
74,293
On a 5 < 9, donc 74,256 < 74,293.

1 Compléter avec le symbole > ou le symbole <

a. 13,9 …>… 3,9
b. 21,01 …>… 12,99
c. 36,71 …<… 36,84
d. 36,7 …>… 36,081
e. 157,127 …<… 157,13
f. 18,001 …<… 18,01

INFO C'est ce qu'on appelle « comparer » deux nombres.

2 Ordre croissant

Écris les lettres B, R, T, E, O, U dans l'ordre croissant des nombres (on obtient ainsi un mot de la langue française). Les questions **a.**, **b.** et **c.** sont indépendantes.

a. B = 1,234 56 R = 12,345 6 T = 12 345,6
E = 123 456 O = 123,456 U = 1 234,56
BROUTE

b. B = 123,456 R = 234,561 T = 612,345
E = 561,234 O = 345,612 U = 456,123
BROUET

c. ~~B = 0,11111~~ R = 1,11101 T = 1,11011
E = 1,11110 ~~O = 1,01111~~ ~~U = 1,10111~~
BOUTRE

COUP DE POUCE Indications de solution :
a. Meuh !
b. Miam !
c. Ohé matelot !

3 Ordre décroissant

Réalise le même travail que dans l'exercice précédent mais cette fois dans l'ordre décroissant.

a. B = 3,21 R = 1,23 T = 2,13
E = 1,32 O = 3,12 U = 2,31
ROUTER

b. B = 50 R = 0,08 T = 6
E = 0,009 O = 400 U = 0,7
OBTURE

c. B = 12,12 R = 12,21 T = 22,11
E = 11,22 O = 21,21 U = 21,12
TOURBE

COUP DE POUCE Indications de solution :
a. Dehors !
b. Fermé !
c. Ça chauffe !

Comment encadrer, arrondir, tronquer ?

Encadrement d'un nombre décimal

3 < 3,141 59 < 4 est un encadrement **à 1 près**.
3,1 < 3,141 59 < 3,2 est un encadrement **à 0,1 près**.
3,14 < 3,141 59 < 3,15 est un encadrement **à 0,01 près**.

Arrondi d'un nombre décimal

On arrondit **par défaut** lorsque la décimale qui suit est 0, 1, 2, 3 ou 4, et **par excès** lorsque la décimale est 5, 6, 7, 8 ou 9.

Exemples :

Nombre donné	6,348	1,61	4,75
Arrondi à 1 près	6	2	5
Arrondi à 0,1 près	6,3	1,6	4,8

Remarques :
- Quand on arrondit par défaut, on obtient une « **troncature** ».
- L'arrondi à 1 près est l'entier le plus proche.
- La troncature à 1 près est la partie entière.

« Tronquer » signifie « couper ».

4 Trouver l'inconnu

Complète les encadrements.

a. 19,92 < ☐☐,☐☐ < 19,94

b. 5 < 6,☐23 < 6,1

COUP DE POUCE
Inscris un chiffre dans chaque rectangle.

5 Trouver les inconnus

a. Trouve tous les nombres de la forme ☐☐,☐ tels que 12,3 < ☐☐,☐ < 12,8.

....

b. Donne la liste des nombres de la forme 3,☐☐1 compris entre 3,18 et 3,22.

....

6 Encadrer par des entiers et arrondir

INFO
« Consécutifs » signifie « qui se suivent ».

a. Encadre chacun des nombres ci-dessous par deux entiers consécutifs.

.... < 36,2 < .... ; .... < 315,9 < .... ; .... < 999,03 < ....

b. L'arrondi à 1 près de 36,2 est : ....

Celui de 315,9 est : ....

Celui de 999,03 est : ....

7 Troncatures

Inscris, au bout de chaque flèche, la troncature à 0,1 près du nombre donné.

a. 9,81 → ....
b. 4,18 → ....
c. 6,023 → ....
d. 6,559 57 → ....
e. 1,47 + 1,73 → ....
f. 2,759 + 3,18 → ....

CORRIGÉS P. 3

Utiliser une droite graduée

Comment repère-t-on un point sur une droite graduée ?

- Chaque point d'une droite graduée correspond à un nombre et vice versa : on dit que le nombre est **l'abscisse** du point.

Ce nombre permet de situer le point sur la droite.

Exemple :

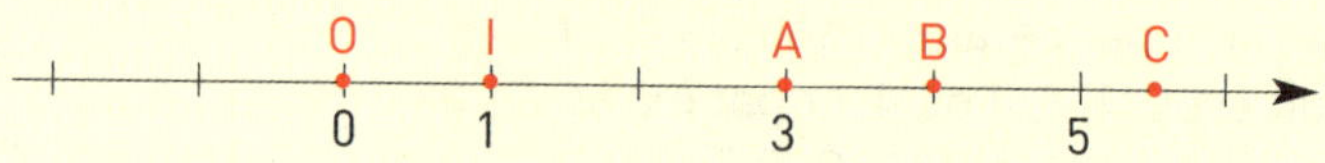

Le point O a pour abscisse 0 ; c'est le point « origine ».
L'abscisse de I est 1. A, B et C ont pour abscisses 3, 4 et 5,5.

1 Afficher des abscisses (1)

Inscris dans chaque case le nombre entier qui convient.

2 Afficher des abscisses (2)

Inscris dans chaque case le nombre décimal qui convient.

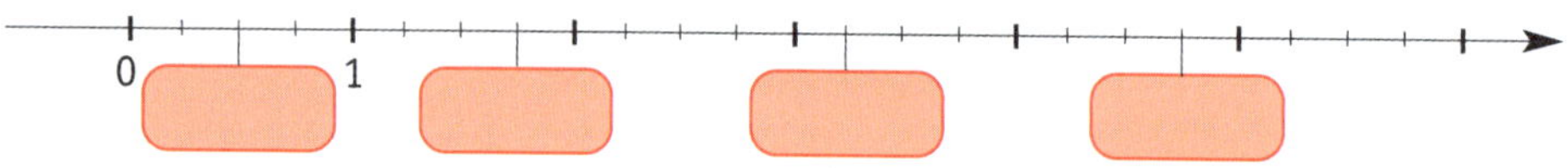

COUP DE POUCE

Pense que $\frac{1}{4} = 0{,}25$.

3 Marquer des points

Sur la droite graduée suivante, marque les points A, B, C et D.

Point	A	B	C	D
Abscisse	0,2	1,4	2,6	3,8

4 Marquer des points pour comparer des nombres

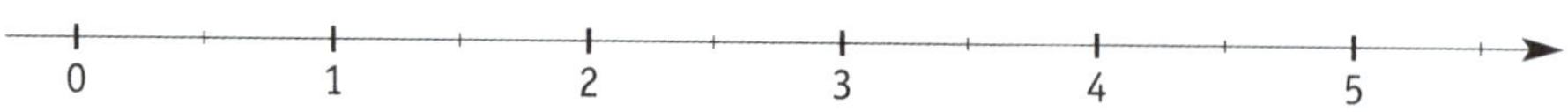

a. Place le point A qui a pour abscisse $\frac{1}{2}$ et le point B qui a pour abscisse 0,5.
Que peut-on dire des points A et B ? Que peut-on dire des nombres $\frac{1}{2}$ et 0,5 ?

....

b. Place le point C qui a pour abscisse $\frac{7}{2}$ et le point D qui a pour abscisse 3,5.
Que peut-on dire des points C et D ? Que peut-on dire des nombres $\frac{7}{2}$ et 3,5 ?

....

INFO

Deux points confondus ont la même abscisse.

5 Encadrer des abscisses (1)

Encadre les abscisses des points B, C et D par deux entiers consécutifs.

.... $< b <$ ....

.... $< c <$ ....

.... $< d <$ ....

COUP DE POUCE

D'abord, il faut repérer les points ayant pour abscisses 0 et 1.

Exemple :
Pour le point A,
$4 < a < 5$

6 Encadrer des abscisses (2)

Encadre les abscisses des points B, C et D par deux nombres décimaux ayant un chiffre après la virgule.

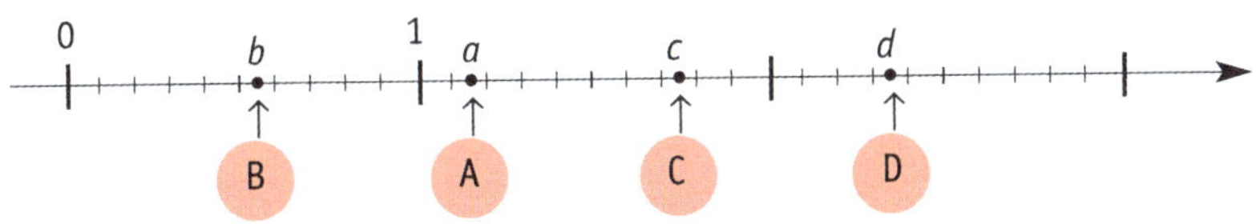

.... $< b <$ ....

.... $< c <$ ....

.... $< d <$ ....

COUP DE POUCE

Exemple :
Pour le point A,
$1{,}1 < a < 1{,}2$

7 La grippe de Maxou

Cette semaine, Maxou a eu la grippe :

- le 1er jour, il se portait bien, sa température était de 37 °C,
- le 2e jour, il avait un peu de fièvre : 38 °C,
- le 3e jour, sa température est montée à 41 °C et le médecin a dit qu'il avait la grippe,
- le 4e jour, il semblait guéri car sa température était redescendue à 38 °C,
- le 5e jour, la fièvre a repris : 41 °C à nouveau,
- le 6e jour, la température est retombée à 37 °C et le voilà guéri pour de bon.

Marque sur le graphique les points correspondant au récit et rejoins ces points par des segments.

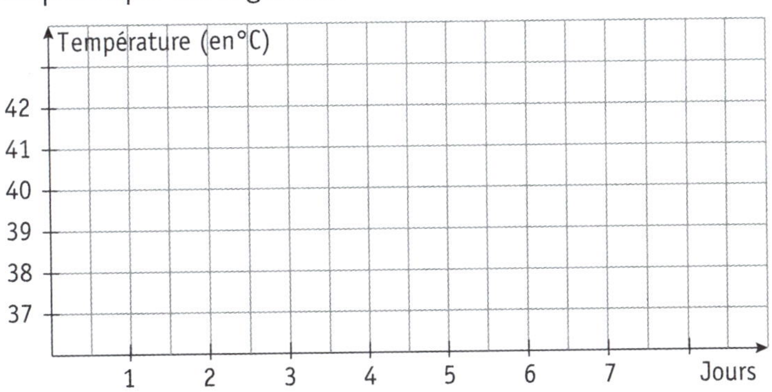

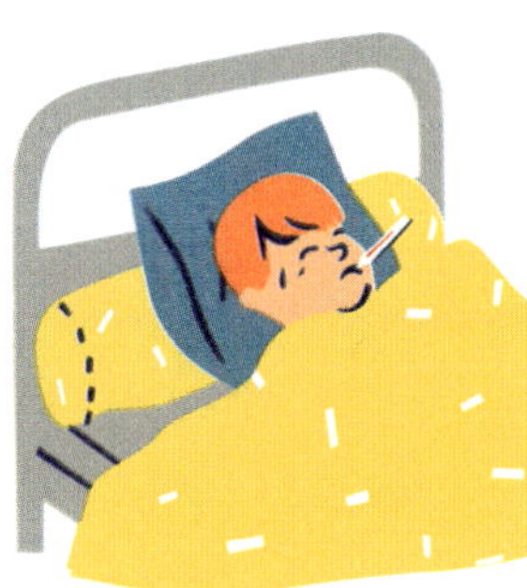

INFO

Deux droites graduées perpendiculaires permettent de construire un graphique qui illustre les variations de température.

CORRIGÉS P. 4

4

NOMBRES ET CALCULS

Additionner et soustraire des décimaux

Quels sont les mots à connaître ?

294,7 + 61,53 = 356,23

les termes — la somme

502,79 − 81,2 = 421,59

la différence

« Additionner » et « ajouter » sont synonymes.

1 Vocabulaire

a. Complète la phrase avec les mots : *addition, somme, ajouter*.

« .... c'est effectuer une .... le résultat obtenu est la .... »

b. Complète la phrase avec les mots : *différence, soustraction, soustraire*.

« .... c'est effectuer une ...., le résultat obtenu est la .... »

ATTENTION !
Ne confonds pas :
- somme et addition
- différence et soustraction.

2 Calculer en ligne

a. 207 + 13 + 6,2 = ...

b. 234,5 − 0,4 = ...

c. 56,6 + 3,4 + 7,08 = ...

d. 1 351,26 − 151,25 = ...

INFO
Calculer « en ligne » veut dire : calculer sans poser l'opération.

3 Compléter les tableaux

+ 1,25

25	34,7		0	
		3,46		1,25

+ ....

1,45			17,9	0
	22,4	30	39,4	

− 2,54

3	5,54			
		0	10	0,1

− ....

3		10,1		2,9
	0	7,3	1 000	

4 Calculs malins (de tête)

a. 13,2 + 15 + 0,8 + 0,5 = ...

b. 1 850 + 36,5 − 450 − 6,5 = ...

c. 6,33 − 0,87 − 6,32 + 1,87 = ...

COUP DE POUCE
17,58 + 3,49 − 7,58
= (17,58 − 7,58) + 3,49
= 10 + 3,49
= 13,49

Comment poser les opérations ?

```
  1  1
  2 9 4 , 7
+   6 1 , 5 3
-------------
  3 5 6 , 2 3
```

retenues

```
    5 0 2 , 7 9
      1
  − 1 8 1 , 2
---------------
    4 2 1 , 5 9
```

la virgule sous la virgule

Veille à bien aligner le chiffre des unités sous le chiffre des unités, le chiffre des dixièmes sous le chiffre des dixièmes, etc.

5 Opérations à trous

a.
```
   2 □ 8 , □ □
+    5 □ , 2 3
--------------
   □ 1 6 , 6 5
```

b.
```
   6 □ 8
-    5 □
--------
   □ 4 2
```

c.
```
      3 5 , □ □
+ □ □ 3 , 4 3
---------------
    1 3 □ , 2 7
```

d.
```
   4 □ 4 , □
- □ 6 □ , 5
------------
   1 6 4 , 2
```

e.
```
   □ □ 0 0 □ 3
-    5 0 □ 0 □
--------------
     4 □ 9 9 7
```

COUP DE POUCE
Pars de la colonne de droite.

6 Carrés magiques

a.

		6
		1
4		8

b.

	1,7	1,6
	1,5	
1,4		

c.

0,8	2,8	2,4
		3,2

INFO
Dans un carré magique, la somme des nombres est toujours la même sur chaque ligne, chaque colonne et chaque diagonale.

7 L'aîné

En 2000, Hugo avait 16 ans. En 2006, Simon avait 21 ans.

Quel est le plus âgé des deux ? ....

....

....

8 L'âge de Pierre

En 1992, Pierre avait 13 ans. Quel âge a-t-il en 2022 ? Quel âge avait-il en 1985 ?

....

....

....

9 Ordre de grandeur

Arrondis chaque terme et donne un ordre de grandeur du résultat.

Exemple : 702 + 304 – 203 ≈ 700 + 300 – 200 = 800.

a. 31 + 41 + 28 + 12 ≈ ....

b. 801 – 799 + 199 + 302 ≈ ....

c. 2 010 + 3 005 – 3 998 ≈ ....

d. 50,4 + 29,1 – 19,5 ≈ ....

e. 9,1 + 7,2 – 6,1 – 4,1 ≈ ....

INFO
≈ veut dire : « est à peu près égal à ».

CORRIGÉS P. 4

5 NOMBRES ET CALCULS

Multiplier des nombres entiers et décimaux

Quels sont les mots à connaître ?

facteurs — $41 \times 7 = 287$ — produit

On dit que 287 est **multiple** de 7 et de 41.

1 Multiples

a. Les multiples de 17 s'obtiennent en multipliant 17 par des nombres entiers quelconques.
Par exemple, 51 et 170 sont des multiples de 17 car $51 = 17 \times 3$ et $170 = 17 \times 10$.
Trouve tous les multiples de 17 inférieurs à 100.

....

b. Dans la liste suivante, raye les nombres qui ne sont pas multiples de 13.
26 ; 23 ; 91 ; 130 ; 113 ; 42.

Comment poser une multiplication ?

```
    4 , 2 7     2 chiffres ┐
  × 5 , 3       1 chiffre  ┘ après la virgule
  ---------
    1 2 8 1
  2 1 3 5
  ---------
  2 2, 6 3 1    3 chiffres après la virgule
```

N'oublie pas de décaler d'un rang la 2e ligne de l'addition.

2 Opérations à trous

a.
```
  □ 3 □ 1
×       □
---------
3 0 □ 4 7
```

b.
```
      2 9
×   □ □
-------
    □ 8
  □ 7
-------
  □ □ □
```

c.
```
    □ □
×   2 3
-------
    □ 9
  4 □
-------
  □ □ □
```

d.
```
      3 9
×     □ □
---------
      □ 9
  □ □ 6
---------
  □ □ □ □
```

COUP DE POUCE
Commence par chercher le chiffre des unités qui manque. Profite de cette occasion pour réviser les tables de multiplication.

3 Calcul posé

Effectue les multiplications suivantes.

a. $6{,}15 \times 7$ ....

b. $0{,}125 \times 8$ ....

c. $1{,}4 \times 1{,}4$ ....

d. $4{,}05 \times 3{,}2$ ....

e. $20{,}6 \times 4{,}01$ ....

COUP DE POUCE
Vérifie ensuite avec une calculatrice.

Comment multiplier par 10, par 100..., par 0,1, par 0,01... ?

- 36,52 × 10 = 365,2
- 1,8 × 100 = 180

On décale la virgule vers la droite :
- d'un rang ;
- de deux rangs.

- 72,5 × 0,1 = 7,25
- 19 × 0,01 = 0,19

On décale la virgule vers la gauche :
- d'un rang ;
- de deux rangs.

★ 4 Multiplications par 10, par 100...

Complète les égalités suivantes.

a. 258 × 10 = ...

b. 2,7 × 1 000 = ...

c. 0,015 × 10 = ...

d. 19,92 × 100 = ...

e. 20 × 1 000 = ...

f. 0,3 × 100 = ...

★ 5 Multiplications par 0,1, par 0,01...

Complète les égalités suivantes.

a. 3 600 × 0,01 = ...

b. 15 × 0,1 = ...

c. 0,07 × 0,01 = ...

d. 31,41 × 0,1 = ...

e. 100 × 0,01 = ...

f. 1,6 × 0,1 = ...

★ 6 Multiplications par 0,001...

Complète les égalités suivantes.

a. 10 000 × 0,001 = ...

b. 34 800 × 0,001 = ...

c. 4 359,1 × 0,001 = ...

d. 123 456 × 0,001 = ...

★ 7 Perrette et le bol de lait

Perrette boit chaque jour 0,25 L de lait. Combien de litres de lait aura-t-elle bu en 3 ans ?

(On considère des années de 365 jours.) ....

....

★ 8 Va prendre l'aire dans le jardin

Calcule l'aire, en mètres carrés, d'un jardin rectangulaire ayant 10,50 m de longueur et 7,10 m de largeur.

....

....

INFO

Pour calculer l'aire d'un rectangle, on multiplie la longueur par la largeur, qu'elles soient entières ou décimales.

CORRIGÉS P. 6

6 NOMBRES ET CALCULS

Diviser avec des nombres entiers

Comment effectuer une division « entière » ?

- On divise un nombre entier par un nombre entier.
On obtient un **quotient entier** et un **reste entier**.

dividende : 1 9 9 8	12 : diviseur
7 9	1 6 6 : quotient
7 8	
reste : 6	

• *Vérification* : $(12 \times 166) + 6 = 1\,998$.
C'est-à-dire :

(diviseur × quotient) + reste = dividende

• *Remarque* : le reste est toujours plus petit que le diviseur.

• *Vocabulaire* : une division « entière » est aussi appelée **division euclidienne** en l'honneur d'Euclide, grand mathématicien grec de l'Antiquité.

1 Divisions entières

Effectue les divisions entières suivantes pour trouver le quotient et le reste.

a. 1 7 8 9 | 9

.... | ....
....
....
....

c. 5 0 9 | 8

.... | ....
....
....

b. 9 8 7 6 | 15

.... | ....
....
....

d. 1 0 2 4 | 64

.... | ....
....
....

COUP DE POUCE
Pose les soustractions si c'est utile (sur une autre feuille éventuellement).

2 On a perdu le dividende

Dans une division, le reste est égal à 1, le quotient à 134 et le diviseur à 36.

Quel est le dividende ? ....

3 Bidons

Combien de bidons de 18 litres peut-on remplir avec 100 litres d'essence ?

Combien d'essence restera-t-il ? ....

4 Peinture

On veut peindre un mur de 37 m². Sachant qu'un pot de peinture peut couvrir 4 m², calcule le nombre de pots à acheter. ....

COUP DE POUCE
À résoudre « de tête ».

5 L'âge du capitaine

Un bateau de 86 m de long transporte 3 354 moutons. Par un curieux hasard, le nombre de moutons est égal au produit de la longueur du bateau par l'âge du capitaine.

Quel est l'âge du capitaine ? ....

6 Le temps qui passe

Combien d'heures et de minutes y a-t-il dans 1 000 minutes ?

....

1 0 0 0	....
....	....
....	

Comment reconnaître qu'un nombre est divisible par ... ?

75	5
25	15
0	

- Le reste d'une division est parfois nul. *Exemple* : 75 ÷ 5.
  On dit alors que 75 est **divisible** par 5, ou que 75 est un **multiple** de 5.
- On peut reconnaître facilement qu'un nombre est divisible par 10, par 2, par 5, par 4, par 3 ou par 9, à l'aide des **critères de divisibilité** suivants.
  - Un entier est **divisible** par 10 lorsque son dernier chiffre est **0**.
  - Un entier est **divisible** par 2 lorsque son dernier chiffre est pair (**0** ; **2** ; **4** ; **6** ; **8**).
  - Un entier est **divisible** par 5 lorsque son dernier chiffre est **0** ou **5**.
  - Un entier est **divisible** par 4 lorsque ses deux derniers chiffres forment un nombre divisible par **4**.
  - Un entier est **divisible** par 3 lorsque la somme de ses chiffres est divisible par **3**.
  - Un entier est **divisible** par 9 lorsque la somme de ses chiffres est divisible par **9**.

7 Divisibilité

Complète le tableau suivant.

On met une croix car 36 est divisible par 2.

est divisible par	105	36	74	75	270	360	243	30	17
2		✗							
3									
4									
5									
9									

8 Dans une heure

a. Quel est le plus petit nombre (autre que zéro !) divisible à la fois par 2, 3, 4, 5 et 6 ?

....

b. Calcule le nombre de minutes dans :

$\frac{1}{2}$ heure : .... $\frac{1}{3}$ d'heure : .... $\frac{1}{4}$ d'heure : ....

$\frac{1}{5}$ d'heure : .... $\frac{1}{6}$ d'heure : .... $\frac{1}{10}$ d'heure : ....

COUP DE POUCE

b. Ici, ça tombe toujours juste !

CORRIGÉS P. 6

Diviser avec des nombres décimaux

Comment effectuer une division décimale ?

Division de 27 par 4 (cas d'un quotient exact)

Les chiffres en couleur montrent comment on continue la division pour trouver un quotient décimal.

Ici, on trouve un **reste nul**, donc on obtient un **quotient exact**.

Vérification : $4 \times 6{,}75 = 27$.

```
27  | 4
 30 | 6,75
  20
   0
```

Lorsqu'on écrit ce zéro, on place la virgule dans le quotient.

quotient exact

Division de 44 par 3 (cas d'un quotient approché)

Le quotient est compris entre 14 et 15.
Son arrondi à 0,01 près est 14,67.
Sa troncature à 0,1 près est 14,6.
(Arrondi et troncature : voir chapitre 2.)

```
44    | 3
14    | 14,666
 20
  20
   20
    2
```

quotient approché

Division d'un nombre décimal par un entier

Lorsqu'on abaisse la première décimale (qui est ici le 6), on place la virgule dans le quotient.

Vérification : $48 \times 5{,}7 = 273{,}6$.

```
273,6 | 48
 33 6 | 5,7
  0 0
```

quotient exact

1 Divisions décimales

Effectue les divisions décimales pour trouver un quotient approché à 0,01 près.

a. 19 | 11

b. 100 | 7

c. 71 | 70

COUP DE POUCE
On veut deux décimales au quotient.
Vérifie à la calculatrice !

2 Divisions qui s'arrêtent

Poursuis les divisions suivantes jusqu'à ce qu'elles s'arrêtent.

a. 70 | 25

b. 1 | 8

c. 15,75 | 9

COUP DE POUCE
• Une division s'arrête lorsque le reste est zéro.
• Vérifie à la calculatrice !

3 ...et à un milligramme près

On partage 3 000 g de beurre en 7 parts égales. Chaque part pèse :

a. à 1 g près : ....
c. à 1 cg près : ....
b. à 1 dg près : ....
d. à 1 mg près : ....

COUP DE POUCE

- Divise en allant assez loin après la virgule puis arrondis.
- 1 g = 10 dg = 100 cg = 1 000 mg

4 Partage équitable

Pour préparer une fête, Aloys a déboursé 8,25 €, Brice a déboursé 7,60 €, Clara a déboursé 12,80 € et Dyna a déboursé 10,75 €.

a. Calcule la dépense totale.

....

b. Ils veulent partager les frais en 4 parts égales. Calcule le montant d'une part.

....

c. Qui devra encore débourser ? et combien ? ....

....

d. Qui sera remboursé ? et de combien ? ....

....

Comment diviser par 10, par 100, par 1 000 ?

- 39,5 ÷ 10 = 3,95
- 250 ÷ 100 = 2,50

On décale la virgule vers la gauche :
- d'un rang ;
- de deux rangs.

Pour vérifier :

3,95 × 10 = 39,5 et 2,50 × 100 = 250.

Diviser par 10, c'est multiplier par 0,1.
Diviser par 100, c'est multiplier par 0,01.
Diviser par 1 000, c'est multiplier par 0,001.

5 Divisions par 10, par 100, par 1 000

Complète les égalités suivantes.

a. 378 ÷ 10 = ...
c. 75 ÷ 1 000 = ...
e. 18,3 ÷ 1 000 = ...
b. 93,5 ÷ 10 = ...
d. 500,5 ÷ 100 = ...
f. 36 000 ÷ 100 = ...

6 Le prix des pommes de terre

J'ai acheté 100 kg de pommes de terre pour 115 €. Quel est le prix du kilogramme ?

....

7 Rangée de rosiers

Le long d'un mur de 23 m, j'ai planté 11 rosiers régulièrement espacés, en mettant un rosier à chaque bout du mur. Calcule la distance qui sépare deux rosiers.

....

CORRIGÉS P. 7

Considérer une fraction comme un quotient

Comment désigner les termes d'une fraction ?

- $\frac{5}{8}$ est une fraction.

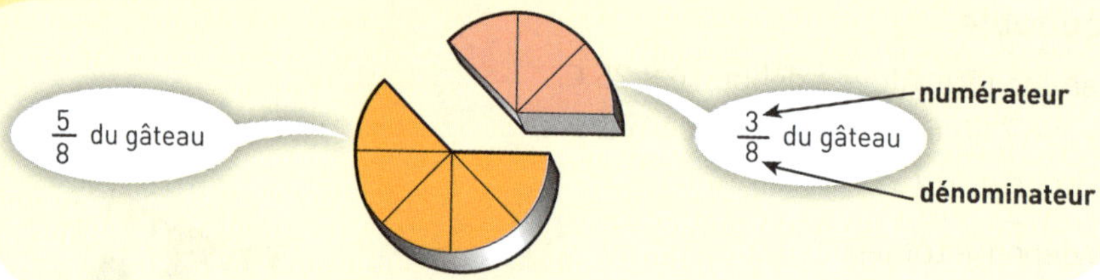

1 Fractions d'aire

Pour chaque partie ①, ② et ③ du rectangle, écris la fraction du rectangle que représente cette partie.

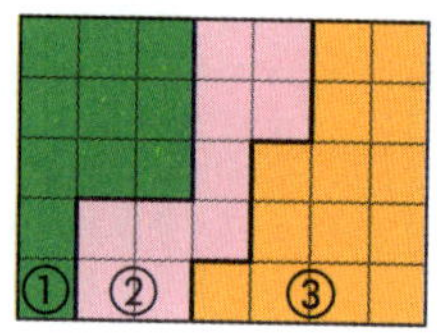

....

2 À l'heure

Quelle fraction d'heure représente 45 min ? 20 min ? 10 min ? 6 min ? 5 min ?

....

COUP DE POUCE
On sait déjà que :
30 min = ½ h ;
15 min = ¼ h.

Fractions et quotients : est-ce pareil ?

- Oui ; en voici deux exemples :

• Le quotient 705 ÷ 99 peut s'écrire $\frac{705}{99}$.

Il vaut **environ** 7,121.

705	99
120	7,121...
210	
120	
21	
.	
.	

• Le quotient 3 ÷ 4 peut s'écrire $\frac{3}{4}$.

Il vaut **exactement** 0,75.

On a donc $3 \div 4 = \frac{3}{4} = 0{,}75$.

30	4
20	0,75
0	

3 Quotients et fractions (1)

Écris les quotients suivants avec une fraction puis avec un nombre décimal.

a. 35 ÷ 56 = ... = ...

b. 51 ÷ 34 = ... = ...

c. 29 ÷ 8 = ... = ...

d. 8 ÷ 100 = ... = ...

4 Quotients et fractions (2)

Écris les quotients avec une fraction puis donnes-en une valeur approchée à 0,01 près.

a. 37 ÷ 55 = ... ≈ ....

b. 52 ÷ 33 = ... ≈ ....

c. 2 ÷ 3 = ... ≈ ....

d. 10 ÷ 9 = ... ≈ ....

5 Abscisse fractionnaire (1)

Complète les cases en y inscrivant une fraction égale à l'abscisse de A, B, C et D.

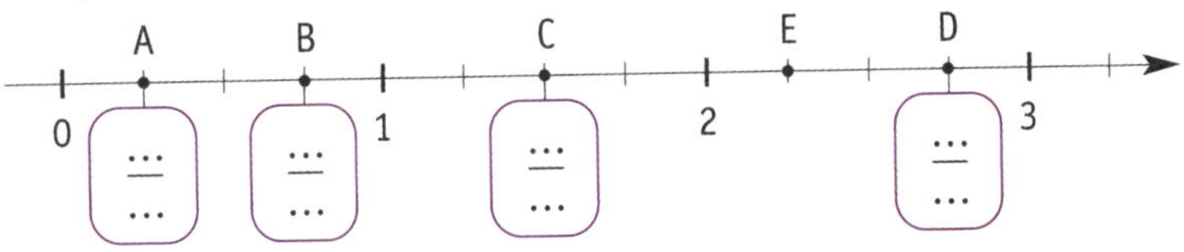

COUP DE POUCE

Les unités sont partagées en 4 quarts. Cherche le nombre de quarts depuis zéro. *Exemple* : l'abscisse de E est $\frac{9}{4}$.

6 Abscisse fractionnaire (2)

Sur la droite graduée ci-dessous, place les points :

Point	A	B	C	D	E	F
Abscisse	$\frac{2}{3}$	$\frac{4}{3}$	$\frac{3}{3}$	$\frac{6}{3}$	$\frac{5}{3}$	$\frac{10}{3}$

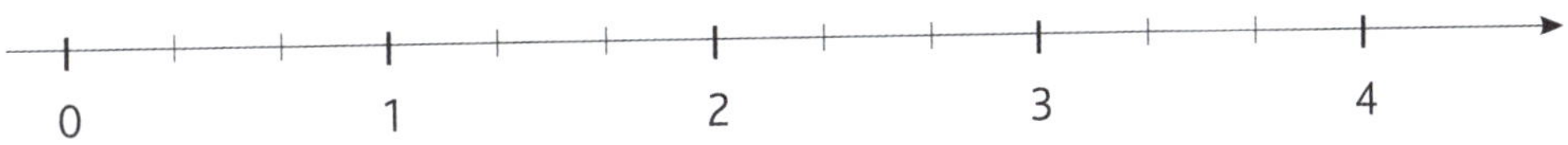

Un nombre décimal peut-il toujours s'écrire sous forme de fraction ?

- Oui ; en voici trois exemples : $0{,}3 = \frac{3}{10}$; $2{,}37 = \frac{237}{100}$; $3 = \frac{3}{1}$.

7 Bizarre ?

Quels sont les nombres décimaux représentés par les deux fractions $\frac{5}{4}$ et $\frac{15}{12}$?

....

Que remarque-t-on ? ....

Comment trouver une fraction égale à une autre ?

- On ne change pas une **fraction** quand on **multiplie** son numérateur et son dénominateur **par un même nombre**.
  - *Exemple 1* : $\frac{3}{4} = \frac{3 \times 2}{4 \times 2} = \frac{6}{8}$ $\left(\text{en effet } \frac{3}{4} = 0{,}75 \text{ et } \frac{6}{8} = 0{,}75\right)$.
  - *Exemple 2* : $\frac{3{,}2}{1{,}71} = \frac{3{,}2 \times 100}{1{,}71 \times 100} = \frac{320}{171}$ (ainsi un quotient de nombres décimaux est toujours égal à un quotient de nombres entiers, c'est-à-dire à une fraction).

8 Fractions égales

Complète.

a. $\frac{1{,}3}{5} = \frac{13}{....}$ b. $\frac{....}{4} = \frac{9}{12}$ c. $\frac{30}{60} = \frac{....}{2}$ d. $\frac{75}{100} = \frac{3}{....}$

9 Quotients égaux

Dans chaque cas, trouve un quotient d'entiers égal au quotient suivant.

a. $\frac{0{,}5}{1}$ = ...   b. $\frac{3{,}5}{1{,}7}$ = ...   c. $\frac{0{,}75}{0{,}1}$ = ...   d. $\frac{16}{6{,}4}$ = ...

CORRIGÉS P. 8

NOMBRES ET CALCULS

9 Calculer une fraction d'une quantité

Comment multiplier un nombre par une fraction ?

Exemple

Calculer les $\frac{3}{8}$ de 548, c'est multiplier 548 par $\frac{3}{8}$.

On peut procéder de **deux façons** :

$(548 \div 8) \times 3 = 68{,}5 \times 3 = 205{,}5$

On divise d'abord par 8 pour calculer la valeur d'un huitième puis on multiplie par 3.

ou bien :

$(548 \times 3) \div 8 = 1\,644 \div 8 = 205{,}5$

On multiplie d'abord par 3 puis on divise par 8.

Règle générale

Multiplier un nombre par $\frac{a}{b}$ $(b \neq 0)$ c'est :

- le diviser par b puis multiplier le résultat obtenu par a ;

ou bien

- le multiplier par a puis diviser le résultat obtenu par b.

1 Calculer

Calcule de deux façons les produits $21 \times \frac{3}{7}$ et $2{,}1 \times \frac{5}{3}$.

....

2 Calculer

Calcule les deux produits $2{,}24 \times \frac{3}{8}$ et $\frac{5}{3} \times 0{,}51$.

....

3 Calculs à trous

Complète les schémas de calcul suivants.

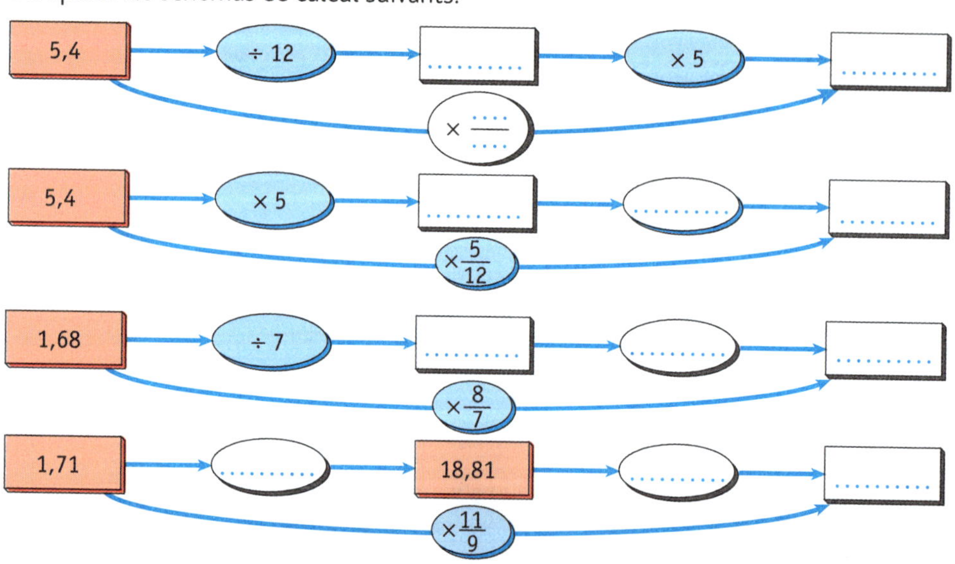

COUP DE POUCE

Entraîne-toi comme les meilleurs athlètes !

4 Calculer

a. $0 \times \frac{3}{4} =$ ....

b. $1 \times \frac{3}{4} =$ ....

c. $100 \times \frac{1}{4} =$ ....

d. $100 \times \frac{4}{1} =$ ....

e. $100 \times \frac{0}{4} =$ ....

f. $300 \times \frac{4}{3} =$ ....

ATTENTION !
À calculer mentalement (autant que possible).

5 Avec les tiers

Combien valent les deux tiers puis les cinq tiers de 12,3 ?

....

6 Avec les quarts

Combien valent les trois quarts puis les neuf quarts de 5,6 ?

....

Comment prendre une fraction d'une quantité ?

- Les $\frac{2}{3}$ de 33 kg, c'est 22 kg, car $33 \times \frac{2}{3} = (33 \div 3) \times 2 = 11 \times 2 = 22$.
- Les $\frac{4}{5}$ de 17,50 €, c'est 14 €, car $17,5 \times \frac{4}{5} = (17,5 \div 5) \times 4 = 3,5 \times 4 = 14$.

7 Exprimer en minutes

$\frac{3}{4}$ d'heure : ....

$\frac{5}{6}$ d'heure : ....

COUP DE POUCE
Calcule mentalement si possible.

8 Exprimer en centimètres

$\frac{3}{4}$ de mètre : ....

$\frac{7}{5}$ de mètre : ....

9 Exprimer en kilogrammes

$\frac{3}{8}$ d'une tonne : ....

$\frac{31}{25}$ d'un quintal : ....

INFO
Tonne ? Quintal ? Voir le mémo à la fin du cahier.

10 Taille

a. Je mesure 171 cm. Calcule les $\frac{10}{9}$ de la taille d'un homme qui mesure 9 cm de plus que moi. ....

....

b. Je mesure 171 cm. Calcule la taille d'un homme qui mesure 9 cm de plus que les $\frac{10}{9}$ de ma taille.

....

CORRIGÉS P. 9

Utiliser des parenthèses

Comment calculer une expression où figurent des parenthèses ?

On commence par calculer à l'intérieur des parenthèses.

Exemple : $a = (2 \times 11) - \left[\left(4 \times \frac{3}{8}\right) + \frac{6}{5}\right]$

$= 22 - (1{,}5 + 1{,}2)$

$= 22 - 2{,}7$

$= 19{,}3$

1 Calcul mental

Effectue, sans poser d'opérations.

a. $(2 \times 17) - (3 \times 11) =$ ....

b. $2 \times (4 - 0{,}4) =$ ....

c. $(5 - 2{,}1 + 0{,}1) \times 5 =$ ....

d. $21 - [(4 \times 3) + 5] =$ ....

COUP DE POUCE

Tu peux vérifier avec ta calculatrice, à condition qu'elle accepte les parenthèses.

Comment calculer en ligne ?

- Calculer **« en ligne »**, c'est présenter les calculs sans poser les opérations.

Exemple : calculer « en ligne » $(5 \times 9) - [12 + (7 \div 2)]$.

$(5 \times 9) - [12 + (7 \div 2)] = 45 - (12 + 3{,}5) = 45 - 15{,}5 = 29{,}5$

Dans un calcul en ligne, on ne pose pas d'opérations, mais on s'autorise à écrire des résultats intermédiaires.

2 Avec des 2

Calcule « en ligne ».

a. $(222 + 2) - (22 \times 2) =$ ....

b. $[(2 + 22) \times 2] - 22 =$ ....

3 Avec des 3

Calcule « en ligne ».

a. $333 - [(3 \times 33) - 3] + (3{,}3 \times 3) =$ ....

b. $(3 \times 3{,}33) + \frac{3{,}3}{3} =$ ....

4 Avec des 6

Dans les égalités suivantes, les parenthèses ont été supprimées. Replace-les.

a. $6 \times 6 + 6 \times 6 = 72$

b. $6 + 6 \times 6 + 6 = 48$

COUP DE POUCE

Si tu ne vois pas directement la solution, fais des essais.

5 Avec des 5

Dans les égalités suivantes, les parenthèses ont été oubliées. Replace-les.

a. 5 × 5 + 5 × 5 = 250   b. 5 × 5 + 5 × 5 = 150

6 Remise en place

Place convenablement les nombres 5, 6, 7 et 8 dans les cases, pour que les égalités proposées soient exactes.

a. (□ × □) + □ – □ = 33

b. (□ × □) – □ + □ = 29

7 Au marché

Alex revient du marché avec 5 kg de pommes à 1,20 € le kg, 10 kg de haricots à 0,90 € le kg et 4 salades à 1,10 € pièce. Combien a-t-il déboursé ?

....

....

COUP DE POUCE

Exercices 7, 8 et 9 : écris une seule expression avec des parenthèses puis calcule-la.

8 Musique

J'ai acheté deux DVD à 19 € l'un, trois CD à 7,30 € l'un et un livre à 11,40 €. J'avais 100 € dans mon portefeuille, combien me reste-t-il ?

....

9 Vive la rose

Les roses coûtent 0,45 € pièce pour les deux premières douzaines et 0,40 € pour les suivantes. Combien paiera-t-on 50 roses ?

....

....

ATTENTION !

Pour la dernière fleur, deux réponses sont possibles.

10 Compter fleurette

Comment « combiner les feuilles pour trouver la fleur » ? Écris l'expression trouvée avec des parenthèses.

....

CORRIGÉS P. 10

11

NOMBRES ET CALCULS

Traiter des problèmes de proportionnalité

Comment traiter un problème de proportionnalité par la méthode du « passage à l'unité » ?

Si le prix d'un kilo de tomates est le même, quelles que soient les quantités achetées, et si je sais que 3 kg ont coûté 2,55 €, alors je peux calculer le prix de 8 kg de tomates (par exemple).

- **Prix de 1 kg** : 2,55 ÷ 3 = 0,85. Donc 1 kg coûte 0,85 €.
- **Prix de 8 kg** : 0,85 × 8 = 6,80.Donc 8 kg coûtent 6,80 €.
- On dit alors que le prix est **proportionnel** à la quantité.

1 À la bonne tomate !

On sait que 3 kg de tomates coûtent 2,55 €.

Calcule au brouillon et remplis le tableau suivant.

Nombre de kg	0	1	2	3	4	5
Prix en euros				2,55		

2 Le prix des chemises

Six chemises coûtent 93 €. Combien coûtent 11 chemises ?

....

....

3 À vitesse constante

On a chronométré les temps mis par un bolide sur un circuit de course.

Or, il manque deux données dans le tableau. Retrouve ces données.

Nombre de tours parcourus	7	13	
Temps mis (en secondes)	196		252

....

....

COUP DE POUCE

Le nombre de tours est proportionnel à la durée car la vitesse est supposée constante.

4 Partage

Yannis, Clara et Alizée sont passionnés de mangas. Ils en ont acheté 12 (tous au même prix) pour 33 €. Yannis en a pris 5, Clara 3 et Alizée le reste. Combien vont-ils payer chacun ?

....

....

Comment traiter un problème de proportionnalité par la méthode du « coefficient de proportionnalité » ?

- L'exemple du prix des tomates (voir exercice 1) montre que les nombres de la seconde ligne peuvent se calculer en multipliant ceux de la première ligne par un même facteur (qui est ici le prix d'un kg de tomates : 2,55 ÷ 3 = 0,85 €).

Nombre de kg	2	**3**	6
Prix en euros	1,70	**2,55**	5,10

× 0,85

0,85 est le coefficient de proportionnalité.

5 Chez un second marchand de tomates

Ce marchant affiche 5 kg de tomates pour 4,50 €.

Détermine le coefficient de proportionnalité et remplis le tableau.

Nombre de kg	5	7		0,5
Prix en euros	4,50		11,70	

....

Le coefficient de proportionnalité est : ....

Comment traiter un problème de proportionnalité dans des cas simples ?

- Prix des crevettes : 100 g pour 4,60 €.
  Combien coûtent 300 g, 50 g, puis 350 g ?

• 300 g, c'est 3 fois 100 g.
4,60 × 3 = 13,80
donc 300 g coûtent 13,80 €.

Chaque hectogramme de crevettes coûte 4,60 €. Le prix est donc proportionnel à la quantité.

• 50 g, c'est la moitié de 100 g.
4,60 ÷ 2 = 2,30
donc 50 g coûtent 2,30 €.

• 350 g, c'est 300 g + 50 g.
13,80 + 2,30 = 16,10
donc 350 g coûtent 16,10 €.

On aurait pu calculer le prix d'un gramme (passage à l'unité), mais la méthode utilisée ici est plus simple.

6 Consommation d'essence

Une voiture a consommé 13 litres d'essence pour parcourir 200 km.
Dans les mêmes conditions, combien consommera-t-elle pour parcourir 100 km, 50 km, puis 350 km ?

....

....

COUP DE POUCE
Inutile de chercher la consommation pour 1 km !

7 À bicyclette

En roulant toujours à la même vitesse, Paulette parcourt 50 km en 3 heures.
Quelle distance parcourt-elle en 1 h 30 ? en 6 h ? en 4 h 30 ?

....

....

CORRIGÉS P. 11

NOMBRES ET CALCULS

12 Appliquer un taux de pourcentage

Comment appliquer un taux de pourcentage ?

Première méthode

Exemple : calculer 22 % de 400,

c'est effectuer $400 \times \frac{22}{100} = (400 \div 100) \times 22 = 4 \times 22 = 88$. On obtient 88.

Seconde méthode

Lorsque les nombres en présence sont simples, il est souvent plus rapide de penser à la proportionnalité. Ici on remarquera que 400 c'est 4 fois 100 ; donc 22 % de 400 c'est 4 × 22, c'est-à-dire 88.

22	?
100	400

× 4

1 Prix du service

Complète ce ticket de caisse.

CRÊPERIE FIFI

Crêpe à la sardine	3,40 €
Crêpe au fromage	2,40 €
Crêpe au sorbet	2,80 €
Sous-total :	.........€
+ service 15 % :	.........€
Total :	.........€

2 Station-service

Complète cette facture.

Station Dubois

4 litres d'huile	15,20 €
joint de vidange	0,60 €
filtre à huile	9,20 €
Sous-total:	......€
+T.V.A. 20 %:	......€
Total:	......€

COUP DE POUCE
Effectue les calculs au brouillon !

3 Compléter le tableau

Les \ de	5	10	200	750
50 %	2,5			
70 %				
200 %				

COUP DE POUCE
Tu peux presque tout faire de tête !

4 Un questionnaire à choix multiples (un QCM)

Entoure, dans chaque cas, la bonne réponse.

a. Les 30 % de 300, c'est :	30	60	90
b. Les 80 % de 200, c'est :	16	160	280
c. Les 100 % de 55, c'est :	55	550	5,5

COUP DE POUCE
Pense à la seconde méthode exposée ci-dessus.

5 De toutes les couleurs

Dans un collège de 500 élèves, il y a 50 % de bruns, 25 % de blonds, 20 % de châtains et 5 % de roux. Calcule le nombre d'élèves de chaque catégorie.

....

....

6 Au supermarché

Pour la semaine commerciale, le supermarché Rubin propose une réduction de 8 % à sa clientèle. Jade achète un livre marqué 24 €. Combien va-t-elle le payer ?

....

....

ATTENTION !
Calcule d'abord la réduction !

7 Espace vert

Enzo prend livraison d'une tondeuse coûtant 1 100 €.
Il a déjà versé 30 % à la commande. Combien lui reste-t-il à payer ?

....

....

8 Hausse des prix

Dans un pays imaginaire, les prix ont augmenté de 6,3 % en un an.
Combien coûte aujourd'hui un objet qui valait 220 € il y a un an ?

....

....

COUP DE POUCE
Calcule d'abord l'augmentation !

9 Achat par correspondance

J'achète un jouet par correspondance.
Un fournisseur A le propose à 45 euros, frais de port inclus.
Un fournisseur B propose le même jouet à 40 euros, mais il faut ajouter 15 % pour le port.
Quel fournisseur est le moins cher ? ....

....

10 Les bonnes affaires

Qu'est-ce qui est le moins cher :
un short à 25 € avec une remise de 40 %,
ou un polo à 20 € avec une remise de 20 % ?

....

....

....

11 Négociations

a. Tu veux acheter un smartphone dont le prix affiché est 120 €.
Le vendeur te dit : « Je t'accorde un rabais de 20 % ; cela fera donc 100 € tout rond ».
Es-tu d'accord ? ....

b. Finalement, le smartphone de la question précédente ne te plaît pas. Tu en choisis un autre dont le prix affiché est 90 €. Alors le vendeur te dit : « J'allais justement mettre le prix à jour, il a augmenté de 10 %. Donc il vaut maintenant 100 € pile ».
Es-tu d'accord ? ....

CORRIGÉS P. 12

13

Connaître et construire des droites

Que signifient les mots « parallèles », « perpendiculaires », « sécantes » ?

Vocabulaire

- *d* et *d'* sont **parallèles** : *d* // *d'*
- *d* et *D* sont **perpendiculaires** : *d* ⊥ *D*
- *d'* et *D'* sont **sécantes** en S.

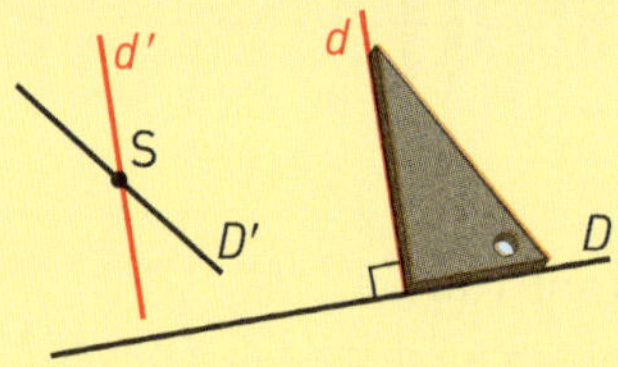

Propriétés

- Si deux droites *d* et *d'* sont perpendiculaires à une même troisième *D*, alors ces deux droites sont parallèles.
- Si deux droites *d* et *d'* sont parallèles, alors toute droite perpendiculaire à l'une est perpendiculaire à l'autre.

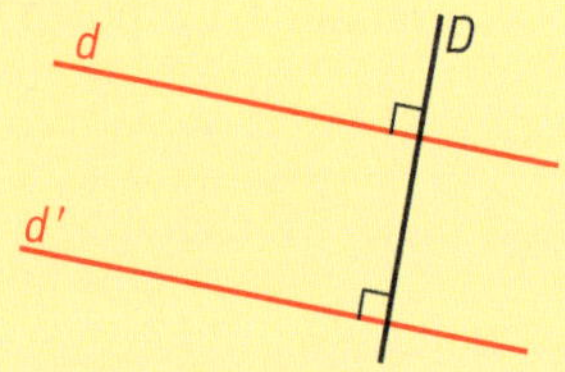

1 Vocabulaire

Dans la figure ci-contre :

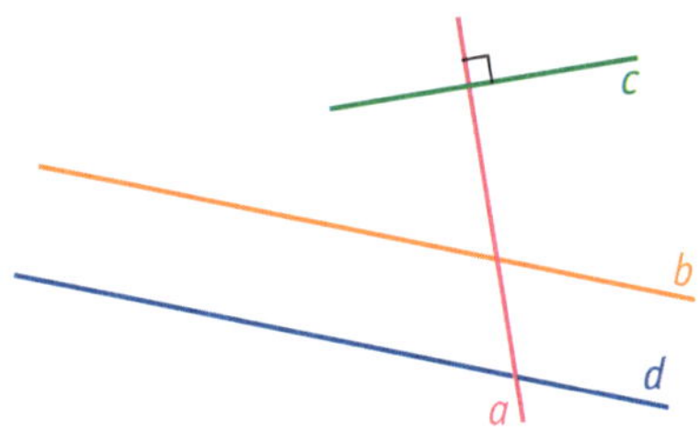

a. Deux droites sont parallèles.

Lesquelles ? ....

b. Cite deux droites perpendiculaires.

....

c. Cite deux droites sécantes sans être perpendiculaires. ....

d. Les droites *c* et *d* sont-elles sécantes ? ....

ATTENTION !

Deux droites sécantes ne se coupent pas toujours sur la feuille !

2 Sans équerre, ni compas

Dans chacun des cas :

- place un point B tel que les droites (AB) et *d* soient parallèles.
- place un point C tel que les droites (AC) et *d* soient perpendiculaires.
- place un point D tel que (AD) et *d* soient sécantes sans être perpendiculaires.

a.

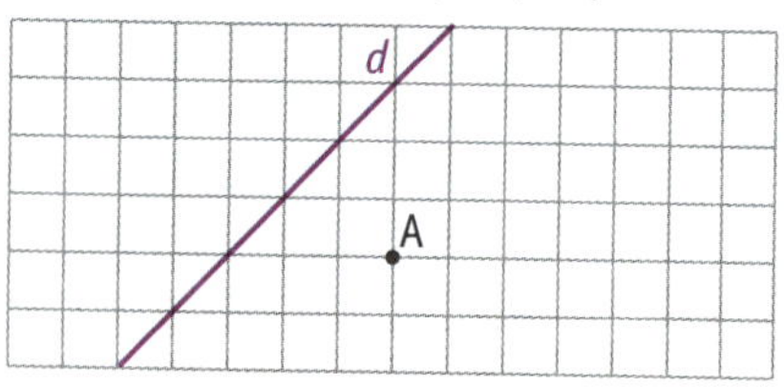

b.

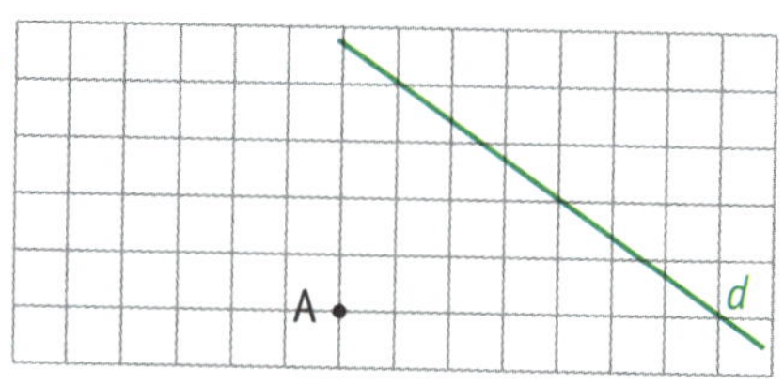

COUP DE POUCE

Il y a souvent plusieurs réponses possibles.

Comment construire une parallèle avec une équerre ?

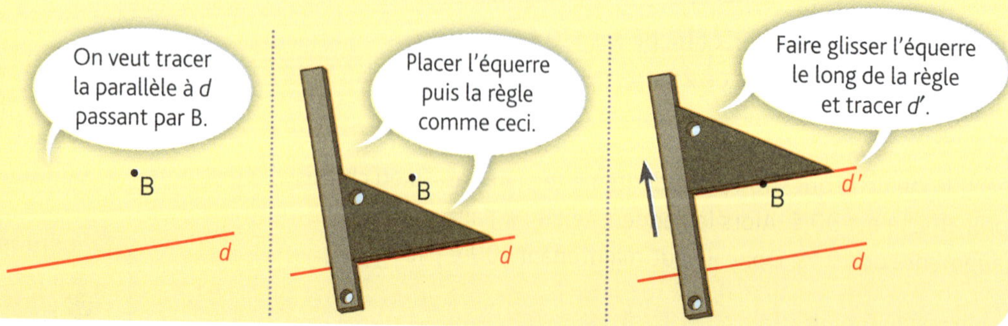

COUP DE POUCE

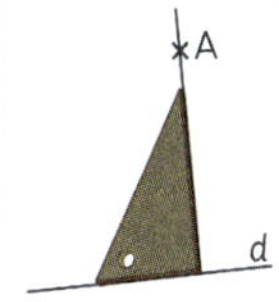

3 Avec une équerre

- Trace la droite *D* passant par A et perpendiculaire à *d*.
- Trace la droite *d′* passant par A et perpendiculaire à *D*.

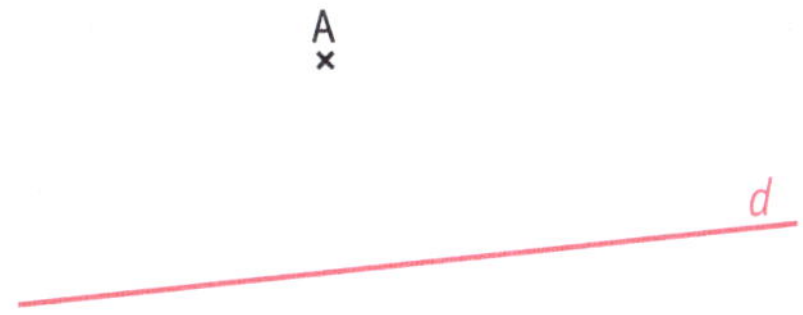

Que peut-on dire des droites *d* et *d′* ? ....

Que signifient les mots « segment » et « demi-droite » ?

- En rouge, le **segment** [AB] d'extrémités A et B.
- En bleu, la **demi-droite** [O*x*) d'origine O.

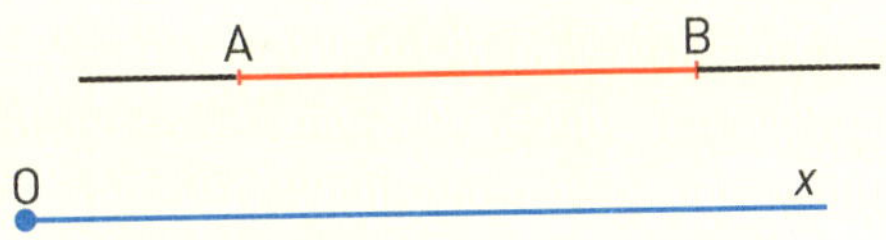

ATTENTION !

Ne pas confondre AB, [AB] et (AB).

4 Segments et demi-droites

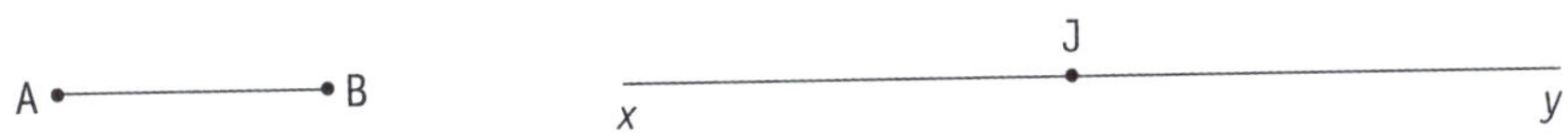

a. À l'aide d'un compas, place sur la demi-droite [J*x*) le point C tel que JC = AB.
Puis, sur [J*y*), place le point D tel que JD = AB.

b. Quelle est la position de J dans le segment [CD] ? ....

5 Distance d'un point à une droite

Une route droite (AB) relie les points A et B.
Un piéton part du point P pour rejoindre la route (AB) en parcourant la plus courte distance possible.
Il atteint ainsi un point H.

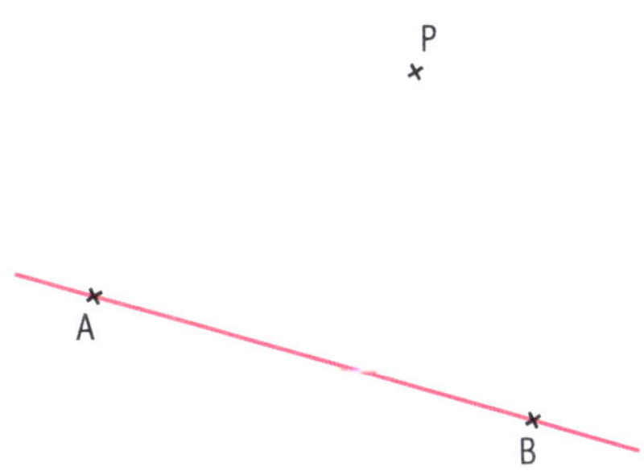

a. Construis le point H. Quel est l'instrument de cette construction ? ....

b. Mesure sur le dessin la distance du point P à la droite (AB) : ....

6 Points alignés

On dit que des points sont **alignés** quand ils sont situés sur une même droite (tracée ou non).

Parmi les 8 points ci-dessous, trouve 3 points alignés : ....

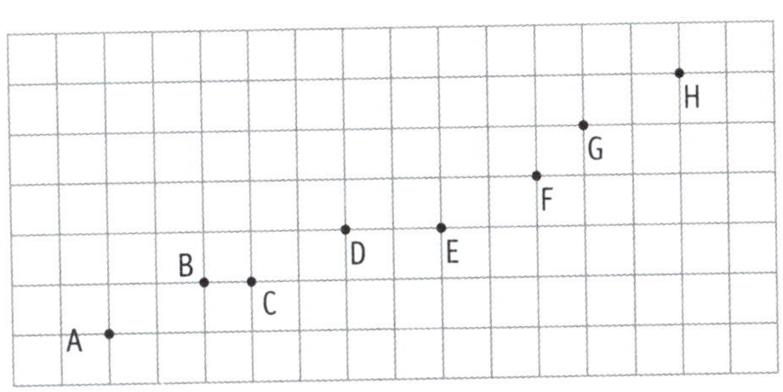

CORRIGÉS P. 13

Construire des cercles

Comment s'imaginer le cercle, le centre, le rayon, le diamètre ?

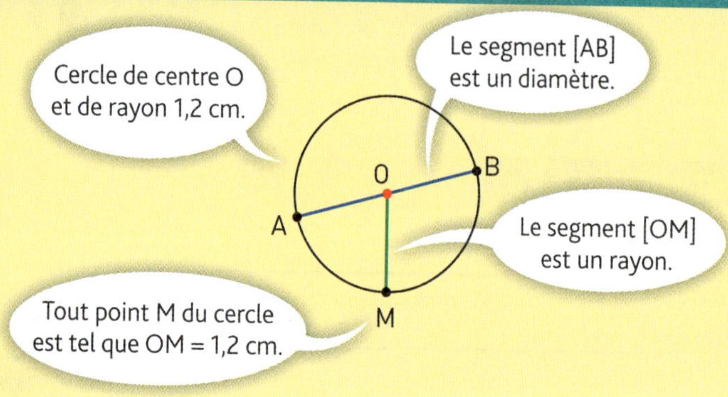

1 Couronne

Construis et colorie la région des points situés à plus de 1,5 cm de A et à moins de 2 cm de A.

•A

COUP DE POUCE
Il y a deux cercles à tracer.

2 Hexagone régulier

a. Trace un cercle de centre C et de 3 cm de rayon.
Marque un point H sur ce cercle.
Construis au compas, sur ce cercle, les points E, X, A, G et O tels que HEXAGO soit un hexagone régulier.

•C

INFO
a. Hexagone régulier :

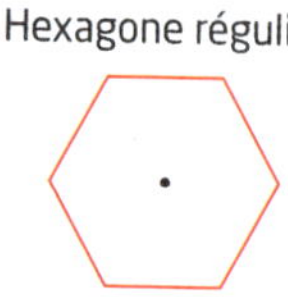

b. Calcule le périmètre de cet hexagone.

....

....

c. Joins C aux six sommets de l'hexagone.
Que peut-on dire des six triangles ainsi dessinés ?

....

....

COUP DE POUCE
c. Vois le chapitre 16.

Chouette

6e

11-12 ANS

Le guide

Maths

Les corrigés des exercices
Tous les corrigés détaillés, avec des explications complémentaires

Des infos parents
Au début des corrigés de chaque chapitre

Hatier

Test

> p. 4

NOMBRES ET CALCULS

1. Réponse b.
2. Réponse c.
3. Réponse c.
4. Réponse a.
5. Réponse c.
6. Réponse c.
7. Réponse a.
8. Réponse c.
9. Réponse a.
10. Réponse b.
11. Réponse c.
12. Réponse b.

ESPACE ET GÉOMÉTRIE

13. Réponse a.
14. Réponse a.
15. Réponse b.
16. Réponse a.
17. Réponse b.
18. Réponse a.
19. Réponse c.
20. Réponse c.
21. Réponse b.

GRANDEURS ET MESURES

22. Réponse a.
23. Réponse b.
24. Réponse c.
25. Réponse b.
26. Réponse c.
27. Réponse b.
28. Réponse b.

1 Connaître les nombres décimaux

> p. 6

infos parents

Dans la vie courante, on rencontre souvent des nombres décimaux : les mesures de toutes sortes, les prix, sont généralement des nombres décimaux. L'objectif de ces exercices est de s'entraîner à utiliser facilement les nombres décimaux, en évitant certaines erreurs bien connues.

1

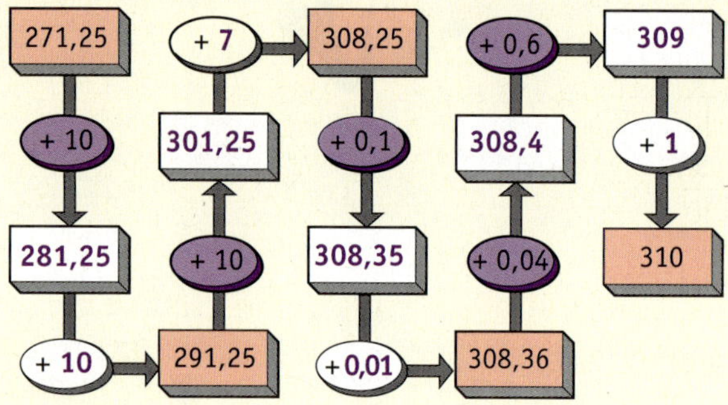

2

003,8 = 3,8	040 = 40
013,50 = 13,5	040,0 = 40
13,508 = 13,508	10,07 = 10,07
75,0 = 75	1,001 0 = 1,001
057,040 = 57,04	0,000 30 = 0,000 3
0,000 1 = 0,000 1	020,020 = 20,02

Explication

Les zéros inutiles sont placés avant la partie entière et après la dernière décimale non nulle.

3 En enlevant les zéros inutiles, on voit les nombres égaux.

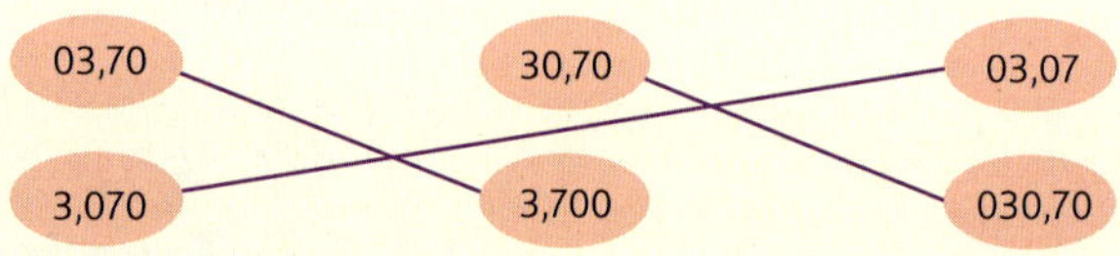

03,70 = 3,700 = 3,7
30,70 = 030,70 = 30,7
3,070 = 03,07 = 3,07

4 a. 6,38 → 6
b. 6,99 → 6
c. 0,715 → 0
d. 5 → 5
e. 7,28 × 10 → 72
f. 15,3 + 0,9 → 16

Explication

e. 7,28 × 10 = 72,8 donc la partie entière est 72.
f. 15,3 + 0,9 = 16,2 donc la partie entière est 16.

5 a. 234,386 a 3 dizaines et 3 dixièmes.
b. 715,071 a 7 centaines et 7 centièmes.

6 a. $34 + \frac{1}{10} + \frac{2}{100} = 34{,}12$

$70 + \frac{9}{10} + \frac{1}{100} = 70{,}91$

$5 + \frac{5}{100} = 5{,}05$

$25 + \frac{7}{10} + \frac{2}{1000} = 25{,}702$

$\frac{1}{10} + \frac{8}{100} = 0{,}18$

$\frac{9}{10} = 0{,}9$

b. $15{,}78 = 15 + \frac{7}{10} + \frac{8}{100}$

$3{,}195 = 3 + \frac{1}{10} + \frac{9}{100} + \frac{5}{1000}$

$30{,}04 = 30 + \frac{4}{100}$

$78{,}102 = 78 + \frac{1}{10} + \frac{2}{1000}$

$53{,}700 = 53 + \frac{7}{10}$

$0{,}248 = \frac{2}{10} + \frac{4}{100} + \frac{8}{1000}$

Explication

Les dixièmes donnent la première décimale.
Les centièmes donnent la seconde décimale.
Les millièmes donnent la troisième décimale.

7 **a.** 2,35 → 2
b. 0,9 → 1
c. 17,51 → 18
d. 0,4 → 0
e. 25,099 → 25
f. 25,990 → 26

2 Comparer des nombres décimaux

> p. 8

infos parents

- Comparer deux nombres, c'est trouver le plus grand (et donc aussi le plus petit).
- Pour comparer deux nombres décimaux :

1) On compare d'abord les parties entières.
Si elles ne sont pas égales, le plus grand nombre est celui qui a la plus grande partie entière.
2) Si elles sont égales, on compare les chiffres des dixièmes.
S'ils ne sont pas égaux, le plus grand nombre est celui qui a le plus grand chiffre des dixièmes.
3) S'ils sont égaux, on compare les chiffres des centièmes.
S'ils ne sont pas égaux, le plus grand nombre est celui qui a le plus grand chiffre des centièmes.
4) On continue ainsi tant qu'il y a les mêmes chiffres.

1 **a.** 13,9 > 3,9
b. 21,01 > 12,99
c. 36,71 < 36,84
d. 36,7 > 36,081
e. 157,127 < 157,13
f. 18,001 < 18,01

2 **a.** 1,234 56 < 12,345 6 < 123,456 < 1 234,56 < 12 345,6 < 123 456
BROUTE
b. BROUET
c. BOUTRE

3 **a.** 3,21 > 3,12 > 2,31 > 2,13 > 1,32 > 1,23
BOUTER
b. OBTURE
c. TOURBE

4 **a.** 19,92 < 1 9 , 9 3 < 19,94
b. 5 < 6, 0 23 < 6,1

Explication

Il s'agit ici d'intercaler un nombre décimal entre deux autres.

5 **a.** Les nombres de la forme ❑ ❑ , ❑ tels que 12,3 < ❑❑ , ❑ < 12,8 sont :
12,4 12,5 12,6 et 12,7

b. Les nombres de la forme 3, ❑❑ 1 compris entre 3,18 et 3,22 sont :
3,181 3,191 3,201 et 3,211

Explication

Il s'agit ici d'intercaler quatre nombres décimaux entre deux autres.

6 **a.** 36 < 36,2 < 37 ; 315 < 315,9 < 316 ;
999 < 999,03 < 1 000
Remarque : le plus petit des deux entiers est la partie entière du nombre encadré.

b. L'arrondi à 1 près de 36,2 est : 36.
Celui de 315,9 est : 316.
Celui de 999,03 est : 999.

7 **a.** 9,81 → 9,8
b. 4,18 → 4,1
c. 6,023 → 6
d. 6,559 57 → 6,5
e. 1,47 + 1,73 → 3,2
f. 2,759 + 3,18 → 5,9

Explication

e. 1,47 + 1,73 = 3,2
f. 2,759 + 3,18 = 5,939

3 Utiliser une droite graduée

> p. 10

infos parents

La droite graduée, souvent appelée droite numérique à l'école élémentaire, nous rend de multiples services.
On l'utilise en histoire pour représenter une succession d'événements ou de périodes.
On l'utilise en sciences, en géographie ou ailleurs pour faire des graphiques.
Elle nous aide aussi à mieux comprendre les nombres avec lesquels on la gradue.

1

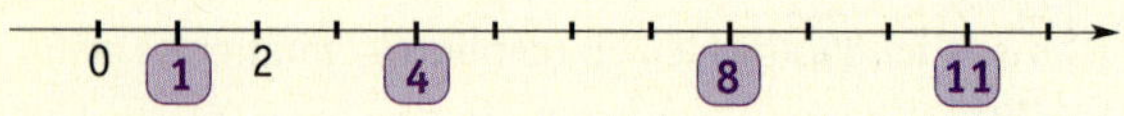

Explication

Ici, chaque petit segment correspond à une unité entière.

2

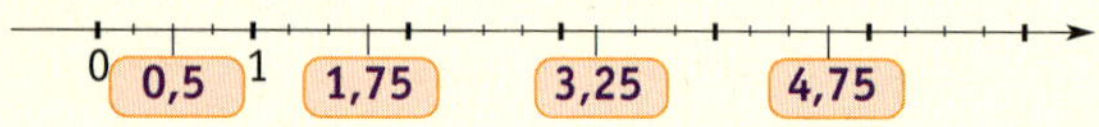

Explication

Les unités sont coupées en 4 et : $\frac{1}{2} = 0{,}5$ $\frac{1}{4} = 0{,}25$ $\frac{3}{4} = 0{,}75$.

3

Point	A	B	C	D
Abscisse	0,2	1,4	2,6	3,8

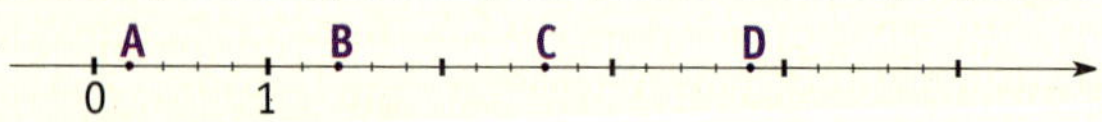

Explication

Les unités sont coupées en 5 et : $\frac{1}{5} = 0{,}2$ $\frac{2}{5} = 0{,}4$ $\frac{3}{5} = 0{,}6$ $\frac{4}{5} = 0{,}8$.

4

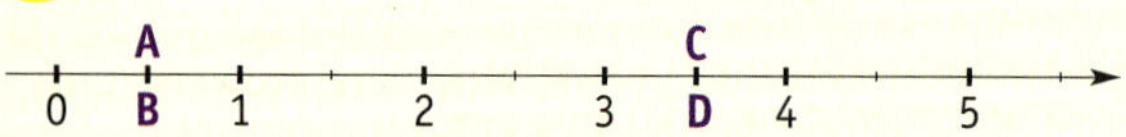

a. A et B sont confondus : $\frac{1}{2} = 0{,}5$.

b. C et D sont confondus : $\frac{7}{2} = 3{,}5$.

5

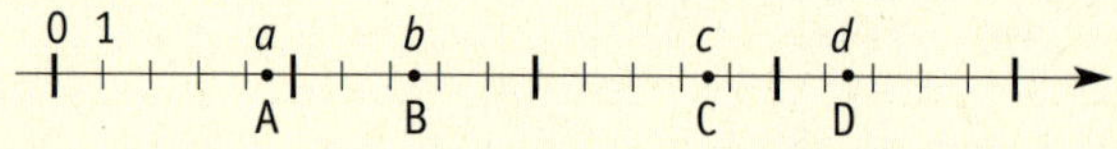

$7 < b < 8$ $13 < c < 14$ $16 < d < 17$.

Remarque : 7 est la partie entière de *b*, 13 est celle de *c*, 16 est celle de *d*.

6

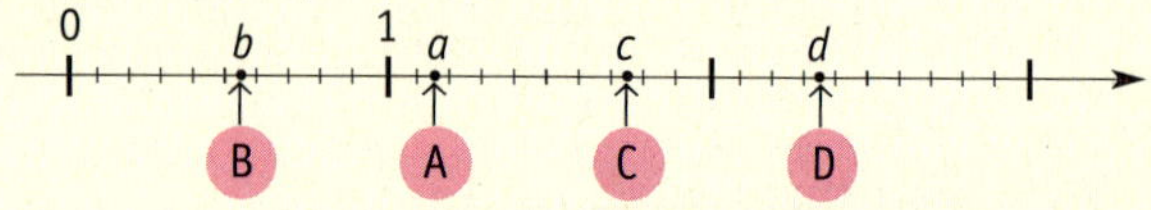

$0{,}5 < b < 0{,}6$ $1{,}7 < c < 1{,}8$ $2{,}3 < d < 2{,}4$.

Explication

Cette droite est graduée en dixièmes. Alors on compte les dixièmes.

7

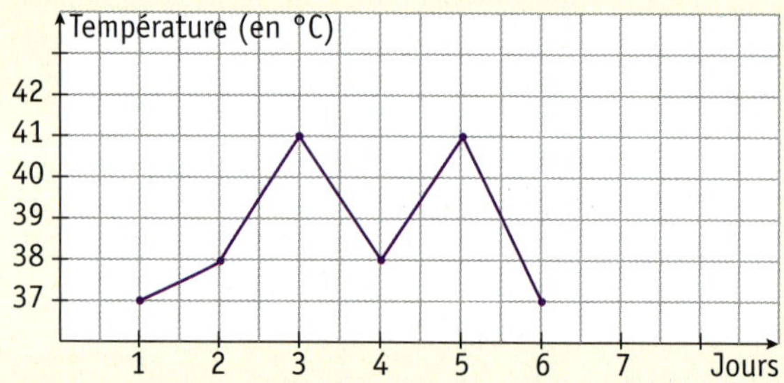

Remarque : ce graphique montre parfaitement les deux poussées de fièvre qui caractérisent la grippe.

4 Additionner et soustraire des décimaux

> p. 12

infos parents

Il s'agit ici de réviser les techniques opératoires écrites et mentales de l'addition et de la soustraction afin de les réinvestir dans des problèmes additifs et soustractifs.

1 a. « Ajouter c'est effectuer une addition, le résultat obtenu est la somme. »
b. « Soustraire c'est effectuer une soustraction, le résultat obtenu est la différence. »

2 a. $207 + 13 + 6{,}2 = 220 + 6{,}2 = 226{,}2$.

Conseil

Surtout, ne pas utiliser la calculatrice !

b. 234,5 – 0,4 = 234,1
c. 56,6 + 3,4 + 7,08 = 67,08
d. 1 351,26 – 151,25 = 1 200,01

3

+ 1,25

25	34,7	2,21	0	0
26,25	35,95	3,46	1,25	1,25

– 2,54

3	5,54	2,54	12,54	2,64
0,46	3	0	10	0,1

+ 21,5

1,45	0,9	8,5	17,9	0
22,95	22,4	30	39,4	21,5

– 2,8

3	2,8	10,1	1 002,8	2,9
0,2	0	7,3	1 000	0,1

Explication
Pour les deux derniers tableaux, on trouve d'abord ce qu'il faut ajouter : 39,4 – 17,9 = 21,5
ou ce qu'il faut soustraire : 10,1 – 7,3 = 2,8.

4 **a.** 13,2 + 15 + 0,8 + 0,5
= (13,2 + 0,8) + (15 + 0,5) = 14 + 15,5 = 29,5
b. 1 850 + 36,5 – 450 – 6,5
= (1 850 – 450) + (36,5 – 6,5) = 1 400 + 30 = 1 430
c. 6,33 – 0,87 – 6,32 + 1,87
= (6,33 – 6,32) + (1,87 – 0,87) = 0,01 + 1 = 1,01

Explication
On change l'ordre des termes pour faciliter les calculs.

5 **a.**

	2	5	8	,	4	2
+		5	8	,	2	3
	3	1	6	,	6	5

b.

	6	9	8
–		5	6
	6	4	2

c.

		3	5	,	8	4
+	1	0	3	,	4	3
	1	3	9	,	2	7

d.

4	2	4	,	7
2	6	0	,	5
1	6	4	,	2

e.

	1	0	0	0	0	3
–		5	0	0	0	6
		4	9	9	9	7

Conseil
Vérifier en recalculant l'opération, éventuellement avec une calculatrice.

6 Pour chaque carré, il faut d'abord trouver la **somme magique** (celle qu'on trouve sur chaque ligne, colonne et diagonale).
Par exemple, pour le premier carré : 6 + 1 + 8 = 15.
On trouve ensuite le 3, puis le 5, etc.

a.

2	7	6
9	5	1
4	3	8

b.

1,2	1,7	1,6
1,9	1,5	1,1
1,4	1,3	1,8

c.

0,8	2,8	2,4
3,6	2	0,4
1,6	1,2	3,2

7 On connaît l'âge de Simon en 2006. On cherche l'âge de Hugo en 2006 pour pouvoir comparer.
De 2000 à 2006, il y a 6 ans. Donc, en 2006, Hugo avait 16 + 6 = 22 ans. Hugo est plus âgé que Simon.

8 De 1992 à 2022, il y a 2022 – 1992 = 30 ans.
Donc, en 2022, Pierre a 13 + 30 = 43 ans.
De 1985 à 1992, il y a 7 ans. Donc, en 1985, Pierre avait 13 – 7 = 6 ans.

9 **a.** 31 + 41 + 28 + 12 ≈ 30 + 40 + 30 + 10 ≈ 110
b. 801 – 799 + 199 + 302
≈ 800 – 800 + 200 + 300 ≈ 500
c. 2 010 + 3 005 – 3 998
≈ 2 000 + 3 000 – 4 000 ≈ 1 000
d. 50,4 + 29,1 – 19,5 ≈ 50 + 30 – 20 ≈ 60
e. 9,1 + 7,2 – 6,1 – 4,1 ≈ 9 + 7 – 6 – 4 ≈ 6

Explication
En général, on arrondit chaque terme en le remplaçant par un nombre « proche » ayant un seul chiffre différent de 0.

5 Multiplier des nombres entiers et décimaux

> p. 14

infos parents

À l'école élémentaire, on apprend à multiplier un nombre décimal par un nombre entier.
Mais la multiplication de deux nombres décimaux est inscrite au programme de Sixième.
Les exercices qui suivent entretiennent et élargissent les acquis de l'école élémentaire.

1 a. Les multiples de 17 inférieurs à 100 sont :
0, 17, 34, 51, 68 et 85.
En effet, $0 \times 17 = 0$; $1 \times 17 = 17$; $2 \times 17 = 34$; etc.
b. 26 ; ~~23~~ ; 91 ; 130 ; ~~113~~ ; ~~42~~.

Explication
$26 = 2 \times 13$; $91 = 7 \times 13$; $130 = 10 \times 13$.
Mais quand on divise 23, 113 et 42 par 13, la division ne tombe pas juste.

2 a.

```
   4 3 2 1
 ×       7
 ---------
 3 0 2 4 7
```

b.

```
     2 9
 ×   3 2
 -------
     5 8
   8 7
 -------
   9 2 8
```

c.

```
     2 3
 ×   2 3
 -------
     6 9
   4 6
 -------
   5 2 9
```

d.

```
       3 9
 ×     4 1
 ---------
       3 9
   1 5 6
 ---------
   1 5 9 9
```

3 a.

```
   6,15
 ×    7
 ------
  43,05
```

b.

```
   0,125
 ×     8
 -------
   1,000 = 1
```

c.

```
    1,4
 ×  1,4
 ------
     56
    14
 ------
   1,96
```

d.

```
     4,05
 ×    3,2
 --------
      810
   1 215
 --------
   12,960 = 12,96
```

e.

```
    20,6
 ×  4,01
 -------
     206
    000
   824
 -------
  82,606
```

4 a. $258 \times 10 = 2\,580$
b. $2{,}7 \times 1\,000 = 2\,700$
c. $0{,}015 \times 10 = 0{,}15$
d. $19{,}92 \times 100 = 1\,992$
e. $20 \times 1\,000 = 20\,000$
f. $0{,}3 \times 100 = 30$

5 a. $3\,600 \times 0{,}01 = 36$
b. $15 \times 0{,}1 = 1{,}5$
c. $0{,}07 \times 0{,}01 = 0{,}0007$
d. $31{,}41 \times 0{,}1 = 3{,}141$
e. $100 \times 0{,}01 = 1$
f. $1{,}6 \times 0{,}1 = 0{,}16$

6 a. $10\,000 \times 0{,}001 = 10$
b. $34\,800 \times 0{,}001 = 34{,}8$
c. $4\,359{,}1 \times 0{,}001 = 4{,}3591$
d. $123\,456 \times 0{,}001 = 123{,}456$

7 En 3 ans, Perrette aura bu :
$0{,}25 \times 365 \times 3 = 273{,}75$ litres de lait.

8 $10{,}50 \times 7{,}10 = 74{,}55$.
L'aire du jardin est donc 74,55 m².

6 Diviser avec des nombres entiers

> p. 16

infos parents

La division entière est appelée « euclidienne » en l'honneur d'Euclide, grand mathématicien du IIIe siècle avant Jésus-Christ.
Cette opération est étudiée à l'école élémentaire.
Mais il convient de l'avoir bien comprise avant d'aborder la division décimale et les fractions.
Tel est l'objectif des exercices suivants.

1 a.

```
 1 7 8 9 | 9
   8 8   |----
     7 9 | 198
       7 |
```

b.

```
 9 8 7 6 | 15
   8 7   |----
   1 2 6 | 658
       6 |
```

c.

```
 5 0 9 | 8
   2 9 |----
     5 | 63
```

d.

```
 1 0 2 4 | 64
   3 8 4 |----
     0 0 | 16
```

2 Le dividende est : $134 \times 36 + 1 = 4\,825$.

Explication
Dividende = quotient × diviseur + reste

3

100	18
10	5

On peut remplir 5 bidons et il restera 10 litres d'essence.
Remarque : on peut vérifier que $100 = 5 \times 18 + 10$.

4 $37 = 4 \times 9 + 1$.
Donc, il faut acheter 10 pots de peinture.

Explication
Le reste de la division de 37 par 4 n'est pas nul. Donc il faut un pot de plus pour avoir assez de peinture.

5 $3\,354 \div 86 = 39$. Donc, le capitaine a 39 ans.

Remarque : le problème est farfelu mais il permet de tester une bonne compréhension de la division.

6

1 0 0 0	60
4 0 0	16
4 0	

Donc $1\,000 = 16 \times 60 + 40$.
Dans 1 000 minutes, il y a 16 h et 40 minutes.

7

Conseil
En cas d'hésitation, relire les critères de divisibilité, mais surtout, ne pas diviser avec la machine.

est divisible par	105	36	74	75	270	360	243	30	17
2		×	×		×	×		×	
3	×	×		×	×	×	×	×	
4		×				×			
5	×			×	×	×		×	
9		×			×	×	×		

8 a. C'est 60.

Explication
On peut examiner les multiples de 6 qui figurent dans une table de 6, et retenir le premier qui soit divisible par 2, 3, 4 et 5.

b. On divise 60 par 2, 3, 4, …

$\frac{1}{2}$ heure : 30 minutes

$\frac{1}{3}$ d'heure : 20 minutes

$\frac{1}{4}$ d'heure : 15 minutes

$\frac{1}{5}$ d'heure : 12 minutes

$\frac{1}{6}$ d'heure : 10 minutes

$\frac{1}{10}$ d'heure : 6 minutes

7 Diviser avec des nombres décimaux

> p. 18

infos parents
Lorsqu'une division entière a un reste autre que zéro, il est possible de la prolonger pour chercher un **quotient décimal** exact ou approché. On peut aussi effectuer des divisions quand le **dividende est décimal**.
Les exercices suivants permettent de se familiariser avec ces nouveautés.

1

Conseil
Il faut veiller à placer correctement la virgule dans le quotient (relire éventuellement les rappels sur fond jaune).

a.

1 9	11
8 0	1,72
3 0	
8	

b.

1 0 0	7
3 0	14,28
2 0	
6 0	
4	

c.

7 1	70
1 0	1,01
1 0 0	
3 0	

2

Conseil
Suivre les exemples de la page 18.

a.

7 0	25
2 0 0	2,8
0 0	

b.

1	8
1 0	0,125
2 0	
4 0	
0	

c.

1 5, 7 5	9
6 7	1,75
4 5	
0	

3 En divisant 3 000 g par 7, on trouve des grammes.
Il faut donc 4 chiffres après la virgule pour un résultat arrondi au mg près.

3 000	7
20	428,5714
60	
40	
50	
10	
30	
2	

a. à 1 g près : 429 g.
b. à 1 dg près : 428,6 g.
c. à 1 cg près : 428,57 g.
d. à 1 mg près : 428,571 g.

4 a. Dépense totale :
8,25 + 7,60 + 12,80 + 10,75 = 39,40 €.
b. Montant d'une part : 39,40 ÷ 4 = 9,85 €.
c. Ceux qui devront débourser :
Aloys : 9,85 – 8,25 = 1,60 €.
Brice : 9,85 – 7,60 = 2,25 €.
d. Ceux qui seront remboursés :
Clara : 12,80 – 9,85 = 2,95 €.
Dyna : 10,75 – 9,85 = 0,90 €.
Remarque :
Vérification : la somme déboursée par Aloys et Brice est égale à la somme remboursée à Clara et Dyna.
1,60 + 2,25 = 3,85 2,95 + 0,90 = 3,85

5

Conseil
Déplacer la virgule comme il est indiqué page 19.

a. 378 ÷ 10 = 37,8
b. 93,5 ÷ 10 = 9,35
c. 75 ÷ 1 000 = 0,075
d. 500,5 ÷ 100 = 5,005
e. 18,3 ÷ 1 000 = 0,0183
f. 36 000 ÷ 100 = 360

6 Prix du kilogramme : 115 ÷ 100 = 1,15 €.
Remarque : une division par 10, par 100 ou par 1 000 s'effectue mentalement.

7 Schéma des 11 rosiers
Le mur est divisé en 10 intervalles mesurant chacun 23 ÷ 10 = 2,3 m.

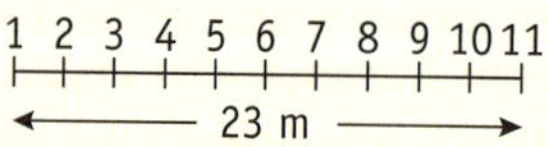

8 Considérer une fraction comme un quotient

> p. 20

infos parents

- À l'école élémentaire, une fraction indique un nombre de parts après un partage en parts égales. Par exemple, $\frac{3}{5}$ d'un gâteau correspond à 3 parts de ce gâteau partagé en 5.
- Au collège, on découvre que les fractions peuvent aussi représenter des quotients. Ainsi $\frac{3}{5}$ sera le quotient de 3 par 5, qui vaut 0,6. On peut donc dire que $\frac{3}{5}$ de ce gâteau, c'est 0,6 gâteau.

Finalement, **les fractions sont des nombres**, autant que les entiers ou les décimaux.
Les derniers exercices introduisent des quotients égaux.

1

Conseil
On compte les carreaux de chaque partie.

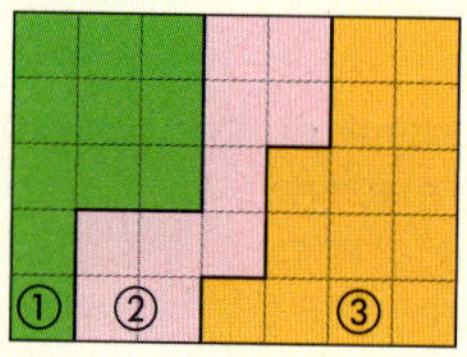

① $\frac{11}{35}$ ② $\frac{10}{35}$ ③ $\frac{14}{35}$

2 45 min = $\frac{3}{4}$ h ; 20 min = $\frac{1}{3}$ h ; 10 min = $\frac{1}{6}$ h ;
6 min = $\frac{1}{10}$ h ; 5 min = $\frac{1}{12}$ h.

3 a. $35 \div 56 = \frac{35}{56} = 0{,}625$

b. $51 \div 34 = \frac{51}{34} = 1{,}5$

c. $29 \div 8 = \frac{29}{8} = 3{,}625$

d. $8 \div 100 = \frac{8}{100} = 0{,}08$

Explication
Ici, on poursuit les divisions jusqu'à ce qu'elles s'arrêtent.

4 a. $37 \div 55 = \frac{37}{55} \approx 0{,}67$ b. $52 \div 33 = \frac{52}{33} \approx 1{,}58$

c. $2 \div 3 = \frac{2}{3} \approx 0{,}67$

d. $10 \div 9 = \frac{10}{9} \approx 1{,}11$

Explication

Ici, les divisions ne s'arrêtent pas : on se contente d'un quotient approché.
Le signe ≈ signifie « est proche de ».

5

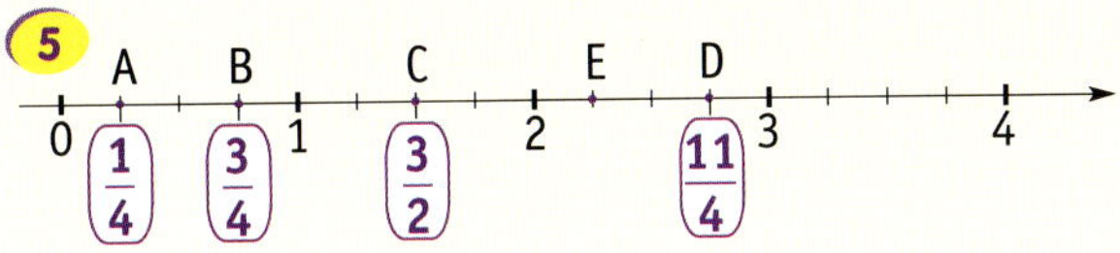

Remarque :

pour C, on peut répondre aussi $\frac{6}{4}$ car $\frac{6}{4} = \frac{3}{2}$.

6

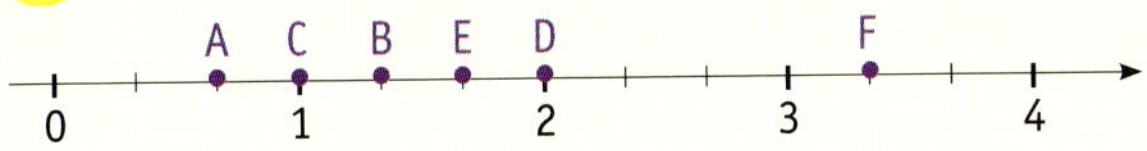

Remarque : on observe que $\frac{3}{3} = 1$ et que $\frac{6}{3} = 2$.

7 Dans les deux cas, la division donne 1,25.
Ces deux fractions sont égales puisqu'elles représentent le même nombre décimal.

Explication

Deux écritures fractionnaires différentes peuvent représenter un même nombre.

8 a. $\frac{1{,}3}{5} = \frac{13}{50}$; car $\frac{1{,}3}{5} = \frac{1{,}3 \times 10}{5 \times 10} = \frac{13}{50}$.

b. $\frac{3}{4} = \frac{9}{12}$; car $\frac{9}{12} = \frac{3 \times 3}{4 \times 3} = \frac{3}{4}$.

c. $\frac{30}{60} = \frac{1}{2}$

d. $\frac{75}{100} = \frac{3}{4}$

9 a. $\frac{0{,}5}{1} = \frac{1}{2}$

c. $\frac{0{,}75}{0{,}1} = \frac{75}{10}$

b. $\frac{3{,}5}{1{,}7} = \frac{35}{17}$

d. $\frac{16}{6{,}4} = \frac{160}{64}$

Remarque :

On peut aussi répondre : $\frac{5}{10}$ au lieu de $\frac{1}{2}$;

$\frac{15}{2}$ au lieu de $\frac{75}{10}$ car $\frac{15 \times 5}{2 \times 5} = \frac{75}{10}$;

$\frac{5}{2}$ au lieu de $\frac{160}{64}$ car $\frac{5 \times 32}{2 \times 32} = \frac{160}{64}$.

On voit ainsi qu'il est toujours possible de supprimer les virgules dans l'écriture des quotients.

9 Calculer une fraction d'une quantité

> p. 22

infos parents

Nous apprenons ici à calculer une fraction d'un nombre entier ou décimal. Ceci permet, par exemple, de calculer aisément les $\frac{3}{4}$, les $\frac{7}{9}$, les $\frac{25}{8}$ ou les $\frac{37}{100}$ d'une quantité quelconque.

1 $(21 \times 3) \div 7 = 63 \div 7 = 9$
ou $(21 \div 7) \times 3 = 3 \times 3 = 9$.
$(2{,}1 \times 5) \div 3 = 10{,}5 \div 3 = 3{,}5$
ou $(2{,}1 \div 3) \times 5 = 0{,}7 \times 5 = 3{,}5$.

2 $(2{,}24 \div 8) \times 3 = 0{,}28 \times 3 = 0{,}84$
$(5 \times 0{,}51) \div 3 = 2{,}55 \div 3 = 0{,}85$

Explication

Pour le second calcul, il faut éviter de commencer par diviser 5 par 3 car la division ne tombe pas juste.

3

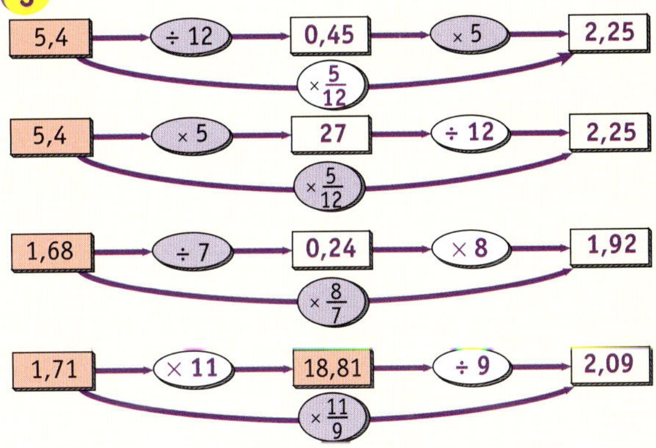

4 a. $0 \times \frac{3}{4} = 0$

d. $100 \times \frac{4}{1} = 400$

b. $1 \times \frac{3}{4} = \frac{3}{4}$

e. $100 \times \frac{0}{4} = 0$

c. $100 \times \frac{1}{4} = 25$

f. $300 \times \frac{4}{3} = 400$

5 $12{,}3 \times \frac{2}{3} = 8{,}2$ $\qquad 12{,}3 \times \frac{5}{3} = 20{,}5$

6 $5{,}6 \times \frac{3}{4} = 4{,}2$ $\qquad 5{,}6 \times \frac{9}{4} = 12{,}6$

7 $\frac{3}{4}$ d'heure : $60 \times \frac{3}{4} = 45$ (en min).

$\frac{5}{6}$ d'heure : $60 \times \frac{5}{6} = 50$ (en min).

8 $\frac{3}{4}$ de mètre : $100 \times \frac{3}{4} = 75$ (en cm).

$\frac{7}{5}$ de mètre : $100 \times \frac{7}{5} = 140$ (en cm).

9 $\frac{3}{8}$ d'une tonne : $1\,000 \times \frac{3}{8} = 375$ (en kg).

$\frac{31}{25}$ d'un quintal : $100 \times \frac{31}{25} = 124$ (en kg).

10 **a.** L'homme mesure $171 + 9 = 180$ cm
et $180 \times \frac{10}{9} = 200$ cm $= 2$ m.

b. $171 \times \frac{10}{9} = 190$.
Donc l'homme mesure $190 + 9 = 199$ cm $= 1{,}99$ m.

Explication

a. On ajoute 9 puis on multiplie par $\frac{10}{9}$.
b. On multiplie par $\frac{10}{9}$ puis on ajoute 9.
Et on constate que ce n'est pas la même chose !

10 Utiliser des parenthèses

> p. 24

infos parents

En utilisant des parenthèses, on peut regrouper plusieurs opérations dans une seule expression. Ceci permet d'exprimer en une seule ligne toutes les opérations à effectuer pour calculer la solution d'un problème. Mais il faut aussi comprendre ces longues lignes de calculs et savoir dans quel ordre effectuer les opérations indiquées.
On verra, en classe de Cinquième, qu'on peut alléger les écritures en supprimant certaines parenthèses. Mais ceci exigera la connaissance des règles de priorité des opérations.

1 **a.** $(2 \times 17) - (3 \times 11) = 34 - 33 = 1$
b. $2 \times (4 - 0{,}4) = 2 \times 3{,}6 = 7{,}2$
c. $(5 - 2{,}1 + 0{,}1) \times 5 = 3 \times 5 = 15$
d. $21 - [(4 \times 3) + 5] = 21 - [12 + 5] = 21 - 17 = 4$

Explication

On ne pose pas d'opérations mais on s'autorise à écrire des résultats intermédiaires. On appelle cela « calculer en ligne ».
d. On rencontre ici des parenthèses dans des crochets. Dans ce cas, on commence par effectuer le calcul à l'intérieur des parenthèses les plus intérieures.
Sur une calculatrice il n'y a pas de crochets, mais on peut emboîter des paires de parenthèses.

2 **a.** $(222 + 2) - (22 \times 2) = 224 - 44 = 180$.
b. $[(2 + 22) \times 2] - 22 = (24 \times 2) - 22 = 48 - 22 = 26$.

Explication

Toujours sans poser d'opérations et sans prendre une calculatrice.

3 **a.** $333 - [(3 \times 33) - 3] + (3{,}3 \times 3)$
$= 333 - (99 - 3) + 9{,}9 = 333 - 96 + 9{,}9$
$= 237 + 9{,}9 = 246{,}9$.
b. $(3 \times 3{,}33) + \frac{3{,}3}{3} = 9{,}99 + 1{,}1 = 11{,}09$.

4 **a.** $(6 \times 6) + (6 \times 6) = 72$
b. $6 + (6 \times 6) + 6 = 48$

5 **a.** $5 \times (5 + 5) \times 5 = 250$
b. $[(5 \times 5) + 5] \times 5 = 150$

Explication

b. On a aussi :
$5 \times [5 + (5 \times 5)] = 150$.

6 **a.** $(5 \times 7) + 6 - 8 = 33$
b. $(5 \times 6) - 8 + 7 = 29$

7 $(5 \times 1{,}20) + (10 \times 0{,}90) + (4 \times 1{,}10)$
$= 6 + 9 + 4{,}40 = 19{,}40$. Alex a déboursé 19,40 €.

Explication

Pour cet exercice, on obtient le résultat d'un seul coup en calculant une expression contenant trois multiplications et deux additions.

8 $100 - [(2 \times 19) + (3 \times 7{,}30) + 11{,}40]$
$= 100 - [38 + 21{,}90 + 11{,}40]$
$= 100 - 71{,}30 = 28{,}70$. Il me reste 28,70 €.

Explication

Cette fois, l'expression qui donne la solution contient 2 multiplications, 2 additions et 1 soustraction.

9 Dans ce problème, les roses ne sont pas toutes au même prix.
Deux douzaines font 24 et $50 = 24 + 26$.
Prix des 50 roses : $(0{,}45 \times 24) + (0{,}40 \times 26)$
$= 10{,}80 + 10{,}40 = 21{,}20$ €.

10

$(5 \times 100) + (6 \times 8)$

$[(4 + 4) \times 50] + 9$

$[(8 - 6) \times 1\,000] + 1$

$(500 \div 5) - (2 + 3)$

Remarque : pour la dernière fleur, on a également :
$[500 \div (3 + 2)] - 5$

11 Traiter des problèmes de proportionnalité

> p. 26

infos parents

On revoit ici les méthodes éprouvées à l'école élémentaire lorsque les données numériques sont assez simples. Mais d'abord on introduit la méthode du « passage à l'unité » et celle du « coefficient de proportionnalité » rendues possibles par une meilleure maîtrise de la multiplication et de la division avec des nombres décimaux.

1 On a vu page 26, que 1 kg coûte 0,85 €.
Donc 2 kg coûtent $0{,}85 \times 2 = 1{,}70$ €, etc.

Nombre de kg	0	1	2	3	4	5
Prix en euros	0	0,85	1,70	2,55	3,40	4,25

2 Prix d'une chemise : $93 \div 6 = 15{,}50$ (euros).
Prix de 11 chemises : $15{,}50 \times 11 = 170{,}50$ (euros).

Explication
Pour trouver le prix d'une chemise, on poursuit la division après la virgule. Ne pas hésiter à la poser.
Quand il s'agit d'une somme d'argent, on va jusqu'aux centimes.

3

Nombre de tours parcourus	7	13	9
Temps mis (en secondes)	196	364	252

Temps mis pour 1 tour : $196 \div 7 = 28$ (s).
Temps mis pour 13 tours : $28 \times 13 = 364$ (s), donc 6 min 4 s.
Nombre de tours en 252 s : $252 \div 28 = 9$ (tours).

Remarque : on peut observer que l'on passe de la 1re à la 2e ligne du tableau en multipliant par 28.

4 Prix d'un manga : $33 \div 12 = 2{,}75$ (euros).
Yannis a payé : $2{,}75 \times 5 = 13{,}75$ (euros).
Clara a payé : $2{,}75 \times 3 = 8{,}25$ (euros).
Alizée en a donc $12 - (5 + 3) = 4$
pour $2{,}75 \times 4 = 11$ (euros).

Conseil
Pour vérifier, on additionne les sommes payées par chacun et on retrouve 33 €.

5 Coefficient de proportionnalité : $4{,}50 \div 5 = 0{,}90$ €.
C'est aussi le prix au kilogramme.

Nombre de kg	5	7	13	0,5
Prix en euros	4,50	6,30	11,70	0,45

× 0,90

Explication
Dans la 3e colonne : $11{,}70 \div 0{,}90 = 13$.

6

Conseil
Prendre modèle sur l'exemple du prix des crevettes, juste au-dessus de cet exercice.

Pour 100 km, moitié de 200 km, il faudra :
$13 \div 2 = 6{,}5$ (litres).
Pour 50 km, moitié de 100 km, il faudra :
$6{,}5 \div 2 = 3{,}25$ (litres).
Pour 350 km, $(200 + 100 + 50)$, il faudra :
$13 + 6{,}5 + 3{,}25 = 22{,}75$ (litres).

7 Il y a proportionnalité parce que la vitesse est supposée constante.
En 1 h 30, moitié de 3 h, Paulette parcourt
$50 \div 2 = 25$ (km).
En 6 h, double de 3 h, Paulette parcourt
$50 \times 2 = 100$ (km).
En 4 h 30, qui valent 3 h + 1 h 30, Paulette parcourt
$50 + 25 = 75$ (km).

12 Appliquer un taux de pourcentage

> p. 28

infos parents

La notion de pourcentage est peut-être la notion mathématique la plus utilisée par le « grand public ».
Appliquer un taux de pourcentage peut paraître compliqué, mais avec un peu d'habitude et d'habileté, on parvient souvent à le faire de tête.

1

CRÊPERIE FIFI		
Crêpe à la sardine	3,40	€
Crêpe au fromage	2,40	€
Crêpe au sorbet	2,80	€
Sous-total :	8,60	€
+ service 15 % :	1,29	€
Total :	9,89	€

Service :

$8{,}60 \times \frac{15}{100} = 1{,}29$

2

Station Dubois	
4 litres d'huile	15,20 €
joint de vidange	0,60 €
filtre à huile	9,20 €
Sous-total:	25,00 €
+ T.V.A. 20 %:	5,00 €
Total:	30,00 €

T.V.A. :

$25 \times \frac{20}{100} = 5$

3

Les \ de	5	10	200	750
50 %	2,5	5	100	375
70 %	3,5	7	140	525
200 %	10	20	400	1 500

Explication

- 50 % c'est la moitié, 200 % c'est le double.
- Pour les trois premières colonnes, on peut calculer mentalement.

4 a. Les 30 % de 300, c'est : 90 car c'est 3 fois 30.
b. Les 80 % de 200, c'est : 160 car c'est 2 fois 80.
c. Les 100 % de 55, c'est : 55 car c'est tout.

5 Et si on faisait un tableau ?

Bruns	Blonds	Châtains	Roux
$500 \times \frac{50}{100} = 250$	$500 \times \frac{25}{100} = 125$	$500 \times \frac{20}{100} = 100$	$500 \times \frac{5}{100} = 25$

Il y a donc 250 bruns, 125 blonds, 100 châtains et 25 roux.

6 On calcule la réduction et on la soustrait au prix affiché.
Réduction : $24 \times 8 \div 100 = 1{,}92$ €.
Elle va payer : $24 - 1{,}92 = 22{,}08$ €.

7 On calcule le premier versement et on le soustrait au prix total.
Enzo a déjà versé $1\,100 \times 30 \div 100 = 330$ €.
Il lui reste à payer $1\,100 - 330 = 770$ €.

8 On calcule l'augmentation et on l'ajoute au prix initial.
L'augmentation est de : $220 \times 6{,}3 \div 100 = 13{,}86$ €.
Le nouveau prix de l'objet est :
$220 + 13{,}86 = 233{,}86$ €.

9 Pour le fournisseur B, le port coûte $40 \times \frac{15}{100} = 6$ €.
Donc le jouet revient à $40 + 6 = 46$ €.
Il est donc préférable de commander chez le fournisseur A.

10 Un tableau facilitera la comparaison.

	Remise	Prix avec la remise
Short	$25 \times \frac{40}{100} = 10$ €	$25 - 10 = 15$ €
Polo	$20 \times \frac{20}{100} = 4$ €	$20 - 4 = 16$ €

Donc le moins cher est le short.

11 a. La remise de 20 %, appliquée à 120 € vaut :
$120 \times \frac{20}{100} = 24$ €.
Donc le prix devrait baisser à $120 - 24 = 96$ € (au lieu de 100 €).
On n'est donc pas d'accord avec le vendeur.
b. L'augmentation de 10 % appliquée à 90 €, vaut
$90 \times \frac{10}{100} = 9$ €.
Donc le nouveau prix devrait être $90 + 9 = 99$ € (au lieu de 100 €).
Donc, une fois de plus, on n'est pas d'accord avec ce vendeur.

13 Connaître et construire des droites

> p. 30

infos parents

Droites parallèles et droites perpendiculaires se retrouvent dans les figures usuelles ; d'où l'intérêt de bien les connaître.
En outre, on travaille sur les notions de segments, de demi-droites, de distance d'un point à une droite, et de points alignés.

1

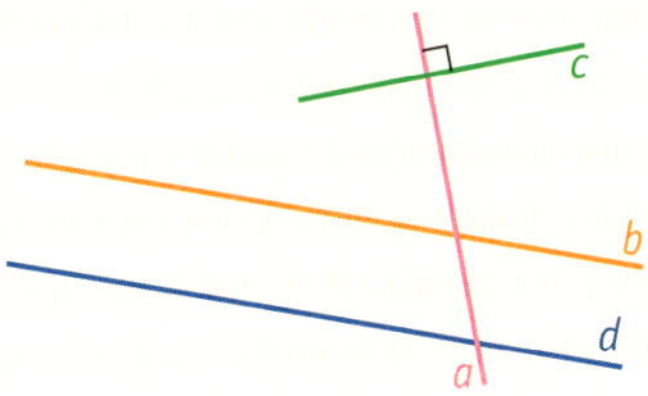

a. *b* et *d* sont parallèles.
b. *a* et *c* sont perpendiculaires.
c. *a* et *b* (par exemple) sont sécantes sans être perpendiculaires.
d. oui, *c* et *d* sont sécantes.

Explication
Ces deux droites sont sécantes, mais il faut prolonger le dessin pour voir leur point d'intersection.

2

a.

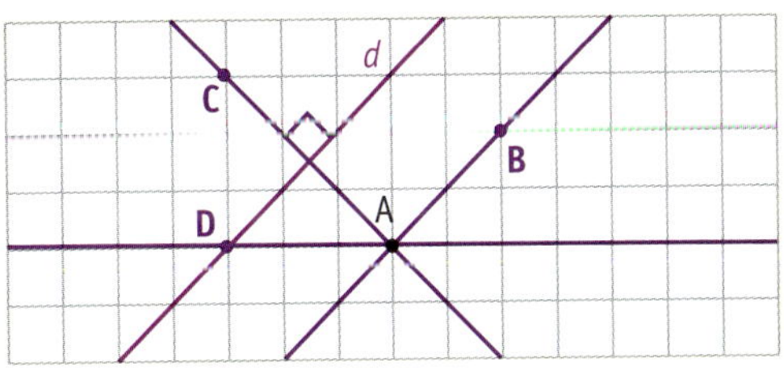

b.

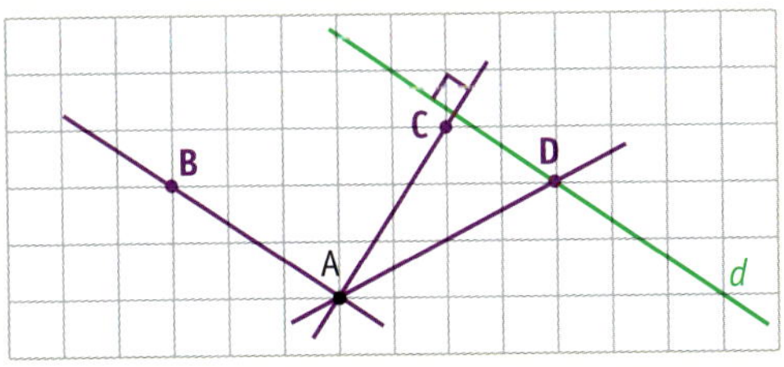

Explication
Sur un quadrillage, il faut compter les carreaux pour trouver la parallèle et la perpendiculaire.

3

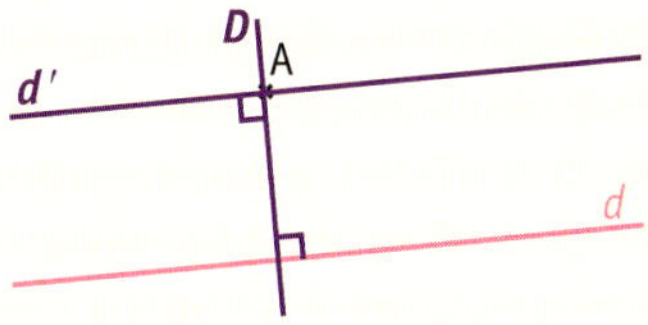

Les droites *d* et *d'* sont parallèles parce qu'elles sont toutes les deux perpendiculaires à *D*.

4 a.

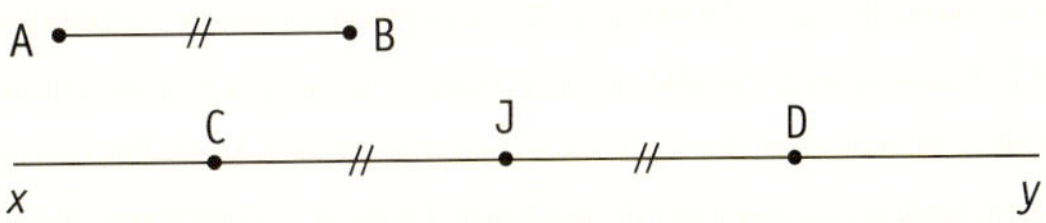

b. J est le milieu du segment [CD].

5 a. Avec l'équerre, construire la perpendiculaire à (AB) passant par P. Elle coupe (AB) en H.
b. PH = 2,5 cm, c'est la distance du point P à la droite (AB).

6 À l'aide d'une règle, on peut observer que A, D et G sont alignés, ainsi que A, C et F.

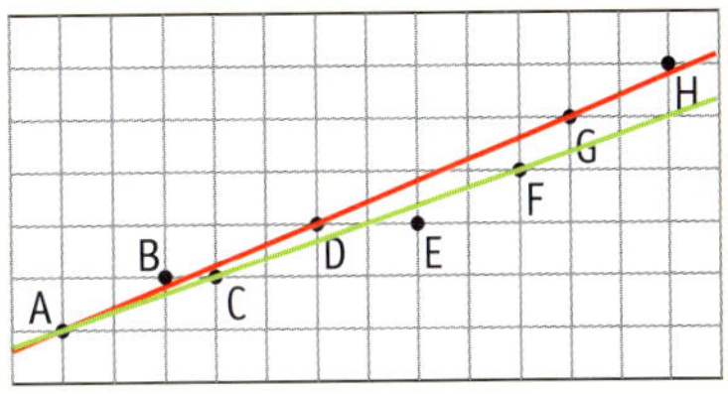

14 Construire des cercles

> p. 32

infos parents

À l'école élémentaire, on parlait de cercle et on le traçait au compas. En Sixième, on commence à insister sur la propriété caractéristique du cercle : tous ses points sont équidistants du centre.
Puis on aborde les constructions plus ou moins classiques, à base de cercles et d'arcs de cercles.

1

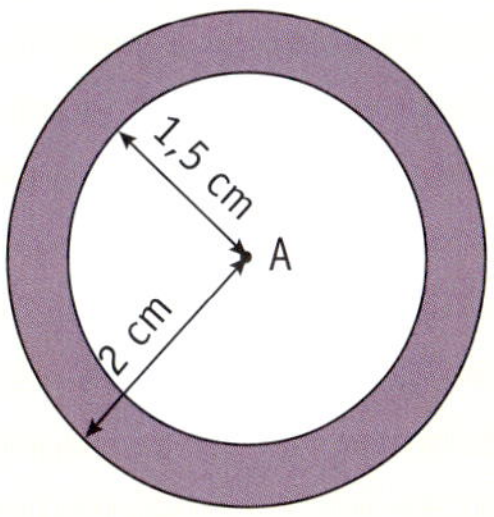

2 a.

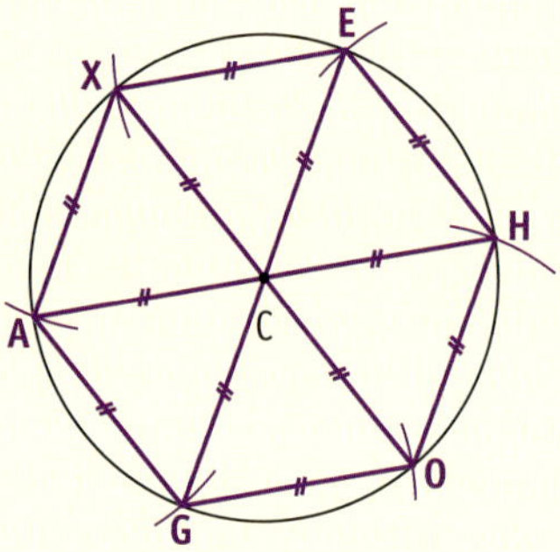

Remarque : c'est une construction très classique, à connaître.

b. Périmètre de cet hexagone : $6 \times 3 = 18$ cm

c. Les six triangles dessinés sont équilatéraux car leurs trois côtés ont une longueur égale au rayon du cercle.

3

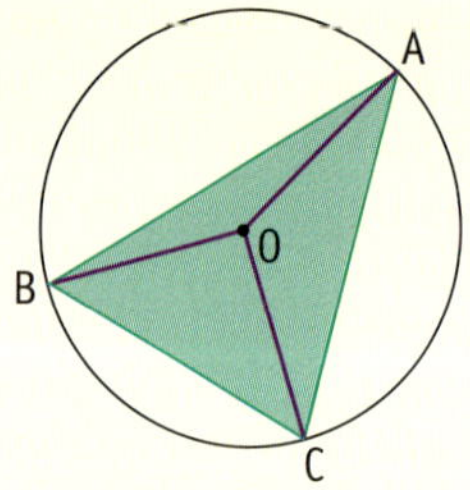

On joint O à A, à B et à C.
Les triangles OAB, OAC et OBC ont deux côtés de longueur égale au rayon du cercle. Donc ils sont isocèles.

Explication

Ce partage est possible lorsque O est à l'intérieur du triangle ABC.

4

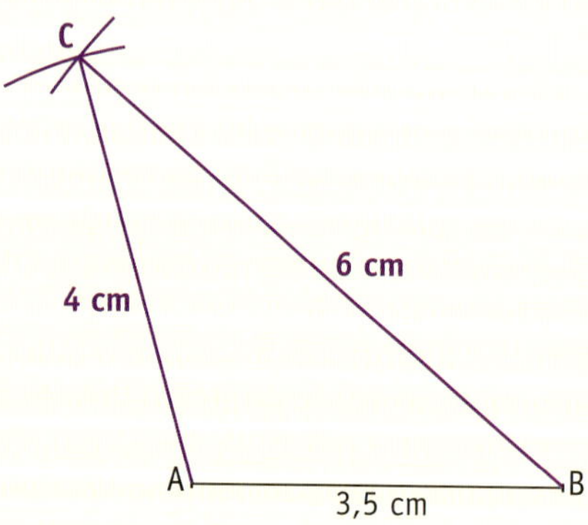

a. Utiliser un compas : tracer un arc de cercle de centre A et de rayon 4 cm, puis un autre de centre B et de rayon 6 cm. Ces deux arcs se coupent en C.

b. Le périmètre du triangle ABC est :
$3,5 + 4 + 6 = 13,5$ cm.

5

Explication

a. On trace un carré ABCD, puis 4 arcs de cercle de centres respectifs A, B, C et D.
b. On trace un carré ABCD, puis un cercle de centre O et trois arcs de cercle de centres respectifs A, B et C.

15 Connaître et construire la médiatrice d'un segment

> p. 34

infos parents

Cette droite joue un grand rôle en géométrie. Nous la reverrons en particulier en étudiant la symétrie axiale. La construction d'une médiatrice au compas est rapide, élégante et précise. Elle évite d'utiliser le double décimètre pour chercher le milieu du segment puis l'équerre pour tracer la perpendiculaire.

1 a.

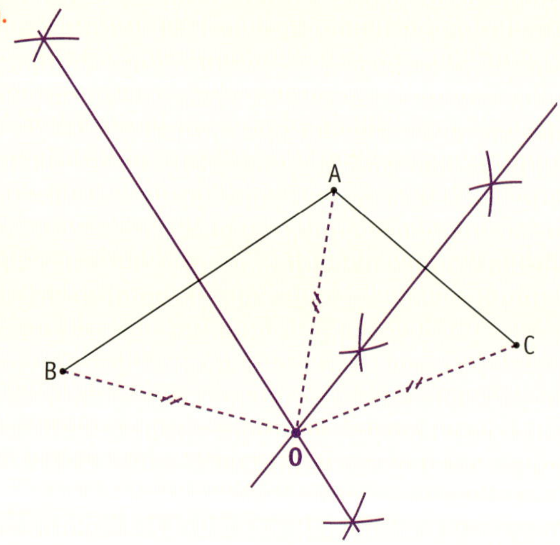

b. On appelle O le point commun aux deux médiatrices. D'une part OB = OA car O est un point de la médiatrice de [AB]. D'autre part OA = OC car O est un point de la médiatrice de [AC]. Donc OB = OA = OC. Donc O est à égale distance de A, B et C.

2 a.

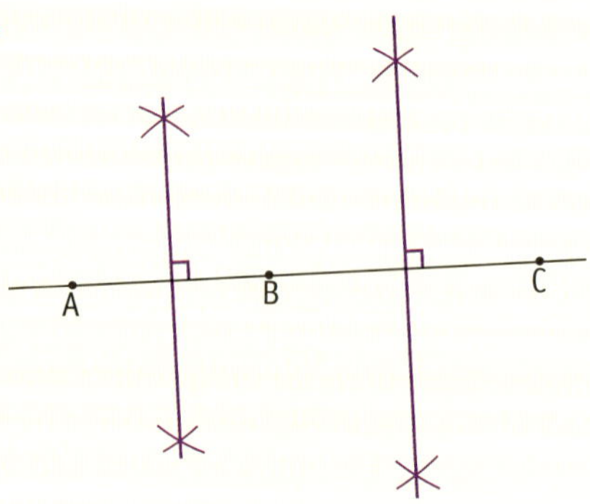

b. La médiatrice d'un segment est perpendiculaire à ce segment donc ces deux médiatrices sont parallèles car elles sont perpendiculaires à une même droite.

3 **a.**

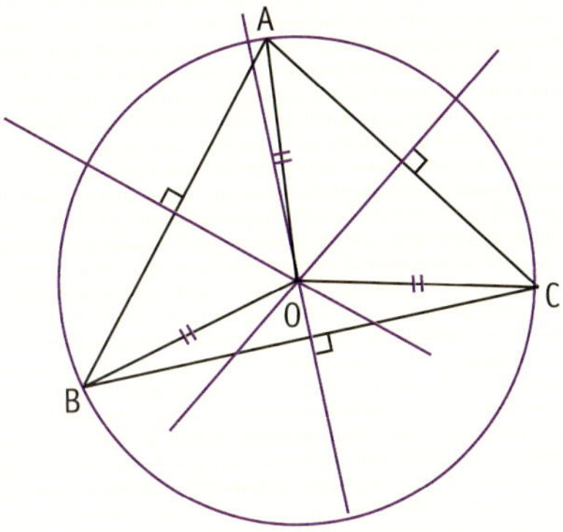

b. Comme à l'exercice 1, il faut savoir que tout point de la médiatrice de [AB] est à égale distance de A et de B.
OA = OB car O est un point de la médiatrice de [AB].
OB = OC car O est un point de la médiatrice de [BC].
c. Le cercle « circonscrit » à un triangle passe par les trois sommets du triangle.

4 **a.**

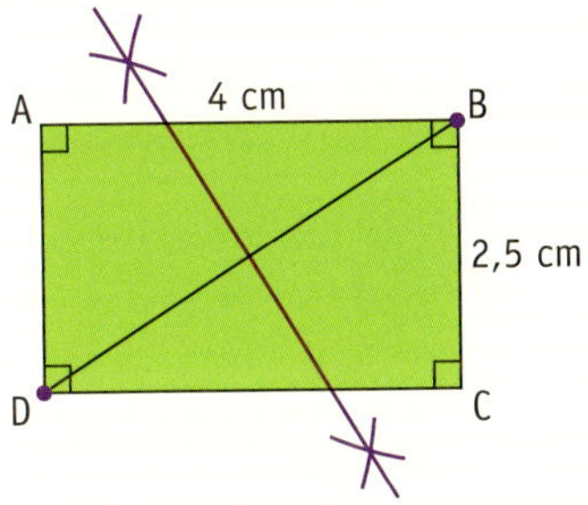

b. Cette médiatrice ne passe pas par A parce que AB ≠ AD.

5 **a.**

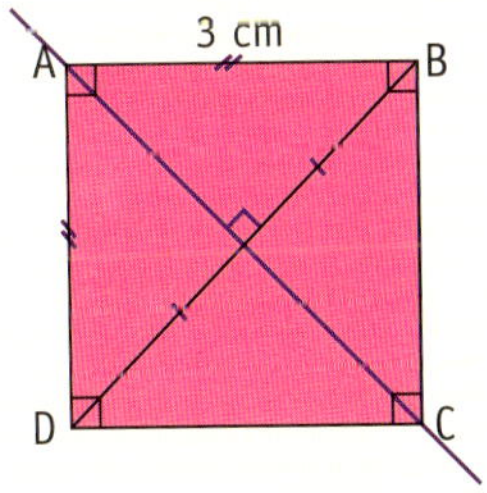

b. Cette médiatrice passe par A parce que AB = AD.

Remarque : les diagonales d'un carré sont médiatrices l'une de l'autre.

6

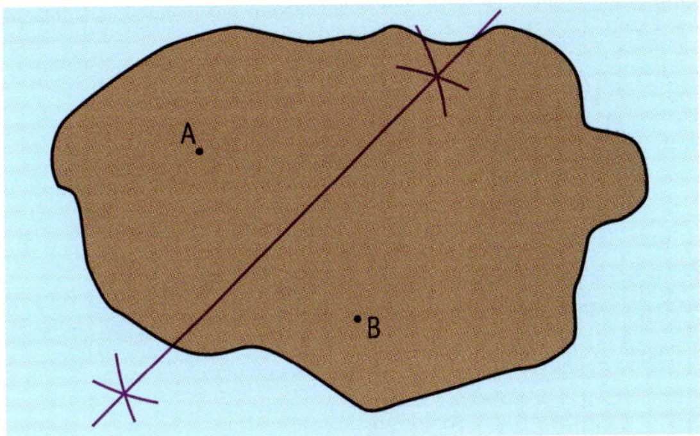

La frontière est la partie îlienne (située dans l'île) de la médiatrice de [AB].
Désormais les moutons pourront jouer à « saute-médiatrice ».

16 Connaître les triangles particuliers

> p. 36

infos parents

Un bon géomètre sait reconnaître des figures simples dans une figure complexe. Pour cela, il doit déjà connaître les figures simples que sont les triangles particuliers.
Il est indispensable de connaître la mesure des angles et l'usage du rapporteur pour étudier et construire des triangles. C'est pourquoi nous recommandons de voir le chapitre 28 avant d'aborder celui-ci.

1

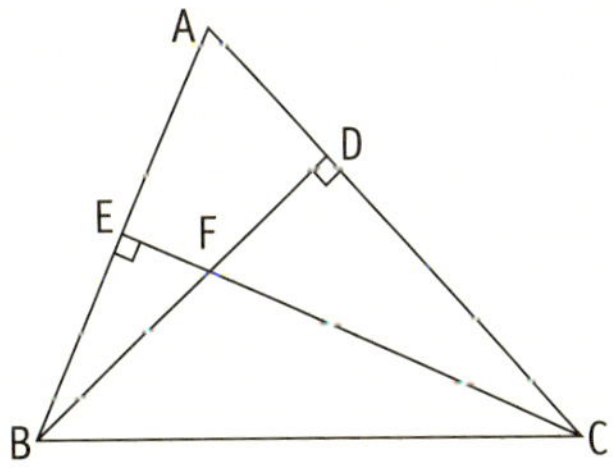

BDA, BDC, CEA, CEB, BEF et CDF sont des triangles rectangles.

Explication

En E et en D, il y a deux angles droits.

2

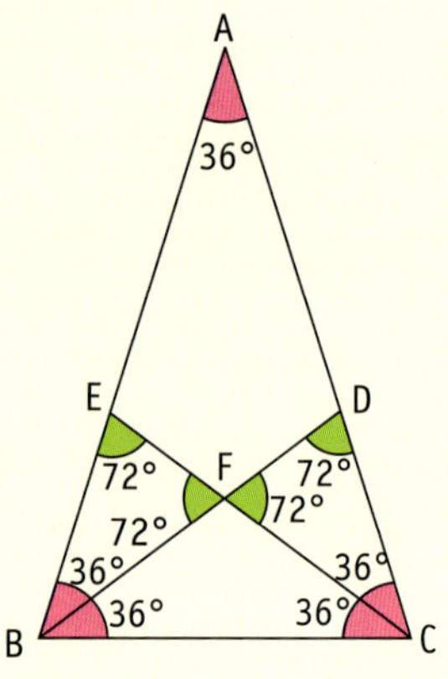

ABC, FBC, ABD, ACE, BEC, BDC, BEF et CDF sont des triangles isocèles.

Remarque : Il y a trois triangles isocèles ayant un angle obtus ; ils sont plus difficiles à voir.

3

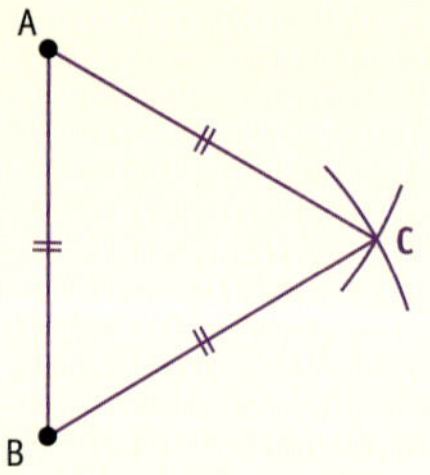

Remarque : ne rien mesurer ! En deux coups de compas, on trouve un point C tel que AB = BC = AC.

4 **a.** …PIF isocèle en I tel que PF = 6 cm et PI = 5 cm.

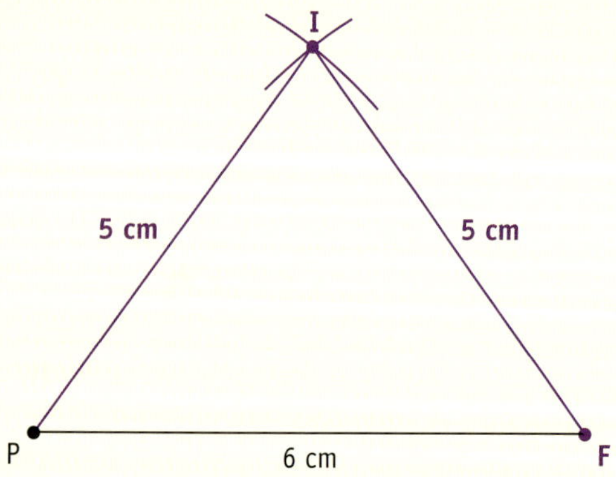

b. …ZEN isocèle en Z tel que EN = 4 cm et $\widehat{NEZ} = 65°$.

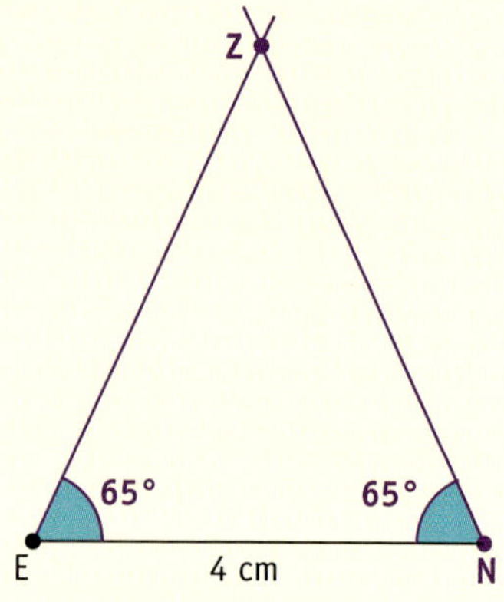

c. Le périmètre de PIF est 6 + 5 + 5 = 16 (en cm)

Explication

Commencer par les bases [PF] pour PIF et [EN] pour ZEN.
Puis utiliser :
- le compas pour PIF,
- le rapporteur pour ZEN.

5 **a.** …EAU rectangle en A, tel que AU = 4,2 cm et AE = 3,5 cm.

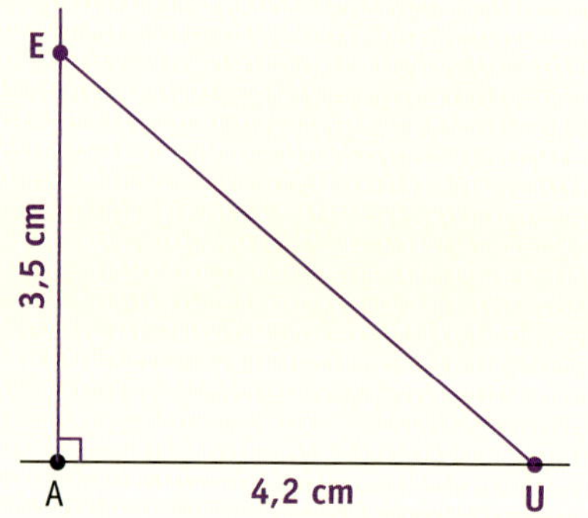

b. …VIN rectangle en I, tel que VI = 5 cm et VN = 6 cm.

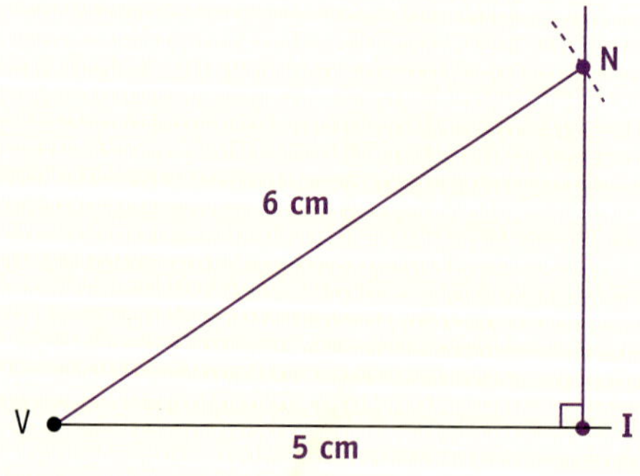

c. …KIR rectangle en I, tel que KI = 4 cm et $\widehat{IKR} = 30°$.

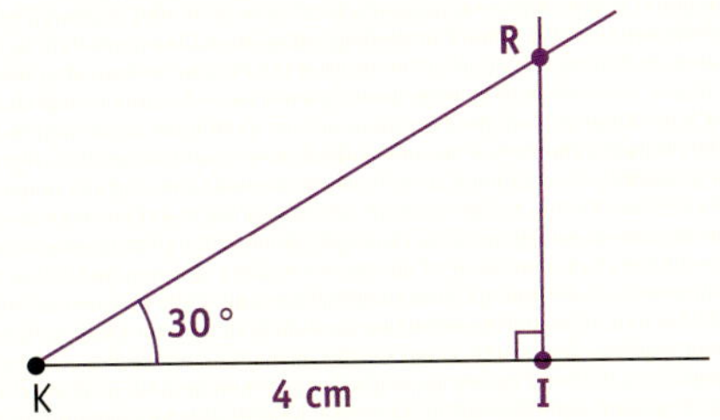

d. …LIE rectangle en I, tel que LE = 5,5 cm et $\widehat{ILE} = 35°$.

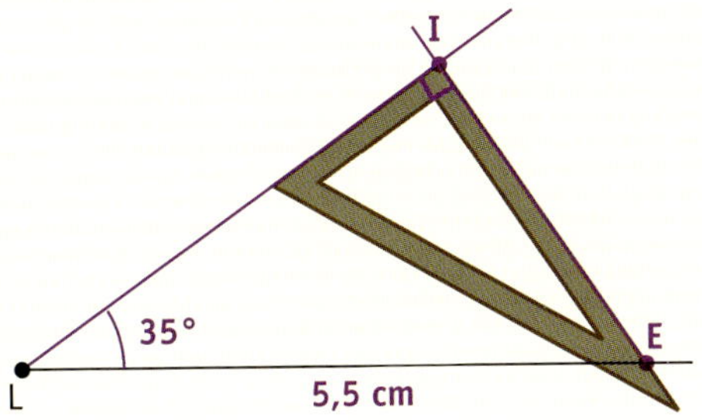

Explication

a. Tracer (AU) et (AE) perpendiculaires en A. Placer ensuite U et E.
b. Tracer le segment [VI] de longueur 5 cm. Tracer la perpendiculaire en I à (VI). Un arc de cercle de centre V et de rayon 6 cm coupe cette perpendiculaire en N.
c. Placer I à 4 cm de K.
Tracer, à l'équerre, la perpendiculaire à (KI) passant par I. Puis tracer au rapporteur, le second côté de l'angle $\widehat{IKR}$.
d. Placer E. Tracer le second côté de $\widehat{ILE}$. Tracer ensuite la perpendiculaire à ce côté passant par E.

17 Connaître les quadrilatères particuliers

> p. 38

infos parents

Les trois premiers quadrilatères (rectangle, losange et carré) ont été découverts à l'école élémentaire.
En Sixième, il faut bien comprendre que le carré est un losange particulier (ses côtés ont même longueur) et en même temps un rectangle particulier (ses angles sont droits).
Ce chapitre inclut aussi une première approche du parallélogramme, occasion d'un retour sur le parallélisme.

1

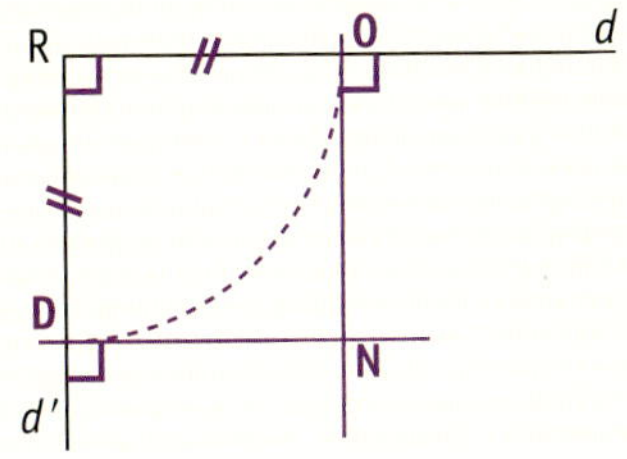

Explication

On peut placer O et D au compas puis tracer deux perpendiculaires avec l'équerre pour obtenir N.

2

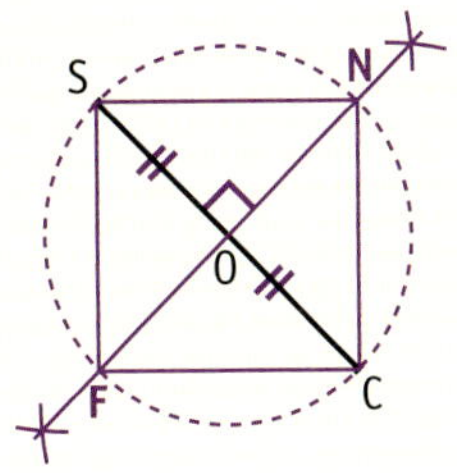

Explication

On peut construire la médiatrice de [SC] puis le cercle de diamètre [SC]. On obtient alors les points N et F.

3 a. b.

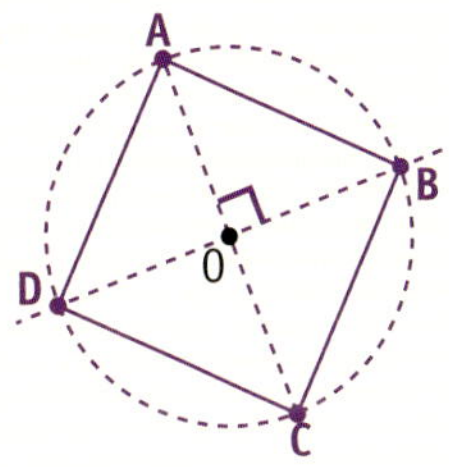

Explication

- La droite (OA) coupe le cercle en C.
- La perpendiculaire à (AC) passant par O coupe le cercle en D et B.

4

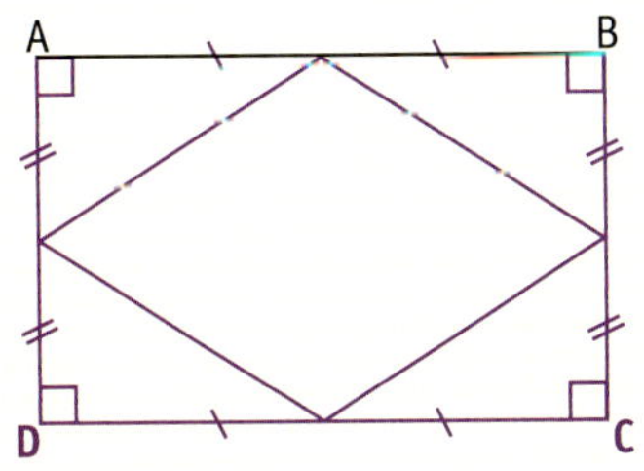

a. On construit le rectangle avec une équerre.
b. On détermine les milieux en construisant la médiatrice de deux côtés comme [AB] et [BC].
c. C'est un losange.

5

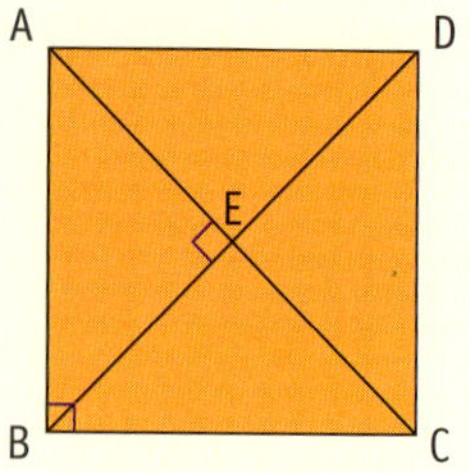

Il y en a 4 petits : EAB, EBC, ECD, EDA et 4 grands : ABC, BCD, CDA, DAB.

Remarque : tous les triangles de cette figure sont rectangles isocèles.

6

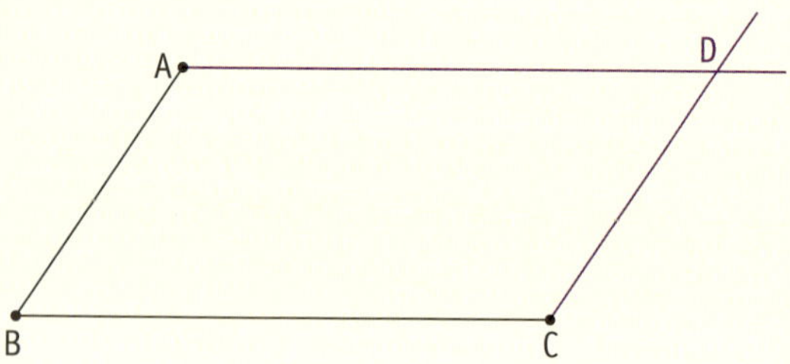

Explication

On peut construire la parallèle à (BC) passant par A, puis la parallèle à (AB) passant par C. Ces deux droites se coupent en D.

7 **a.**

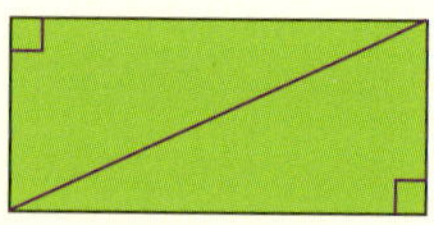

b.

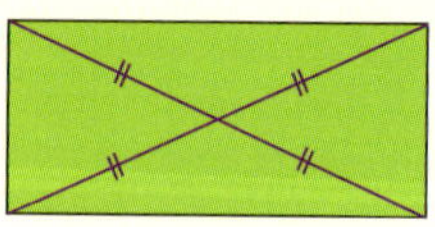

c.

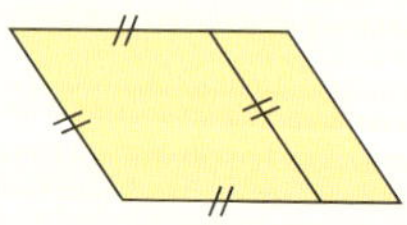

d.

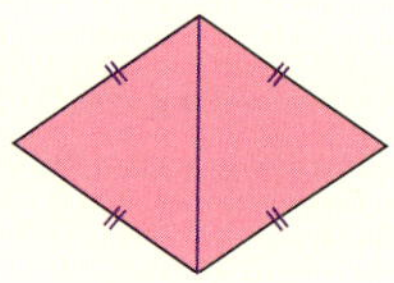

e.

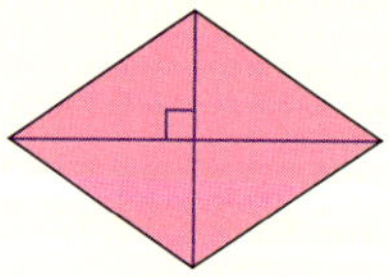

ou bien

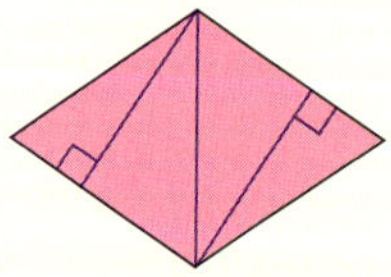

Explication

b. Les quatre triangles sont isocèles parce que les diagonales d'un rectangle sont égales et se coupent en leur milieu.

d. Autre solution : on trace la diagonale horizontale.

e. Les quatre triangles sont rectangles parce que les diagonales d'un losange sont perpendiculaires. D'autres constructions sont possibles.

18 Construire des symétriques

> p. 40

infos parents

À l'école élémentaire, la symétrie axiale a été introduite à l'aide des pliages. Au collège, elle est fortement associée à la notion de médiatrice. Les constructions sur papier blanc mobilisent l'équerre, le compas et la règle.

1 **a.**

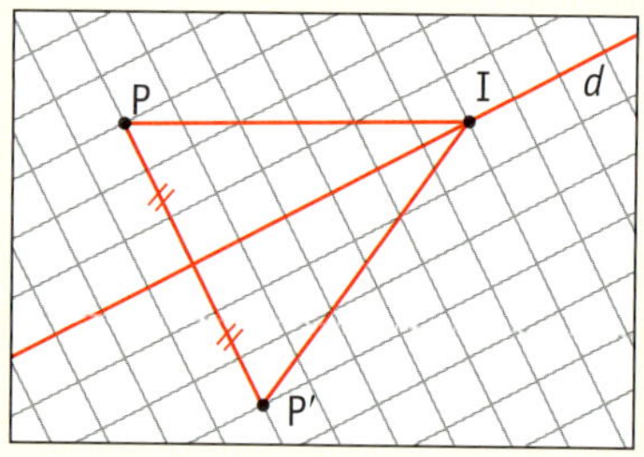

b. • La droite *d* est la médiatrice du segment [PP'].

• Le symétrique de I par rapport à *d* est I (puisque I est sur *d*).

• I est équidistant de P et de P'. Donc le triangle PP'I est isocèle (puisque PI = P'I).

2

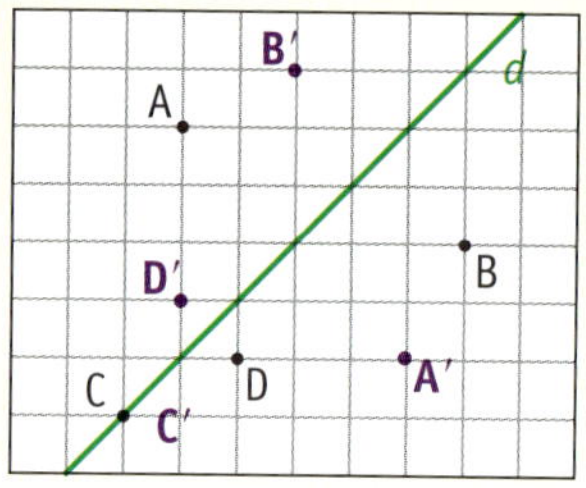

3

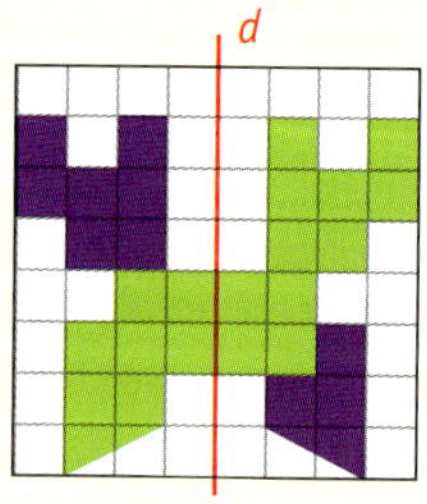

4

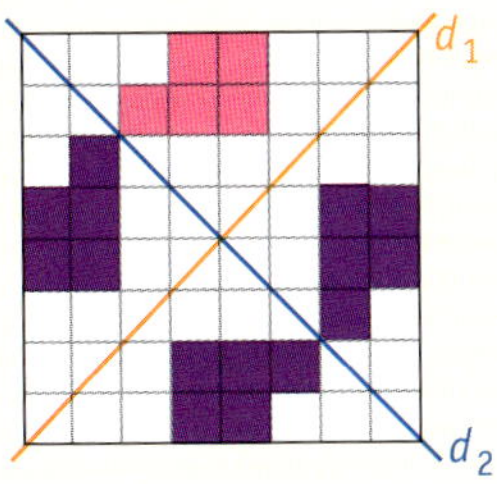

5

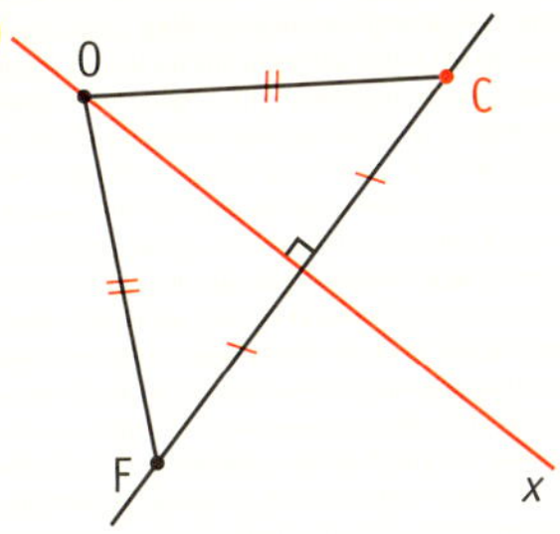

Explication

Tracer à l'équerre la perpendiculaire à (O*x*) passant par F. Puis, au compas, placer le point C tel que OC = OF. Tracer enfin les côtés [OF] et [OC].

6 a. b.

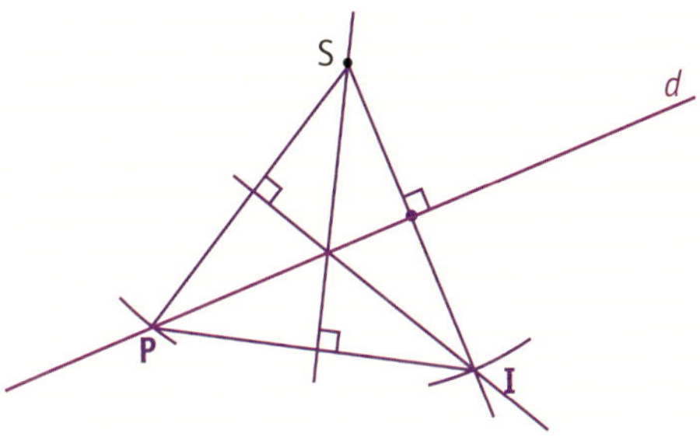

Explication

a. Construire I, symétrique de S par rapport à *d*. Puis, au compas, placer P tel que SP = SI. Il y a deux positions possibles pour le point P.
b. Les médiatrices des côtés d'un triangle équilatéral sont ses axes de symétrie.

7 a. b.

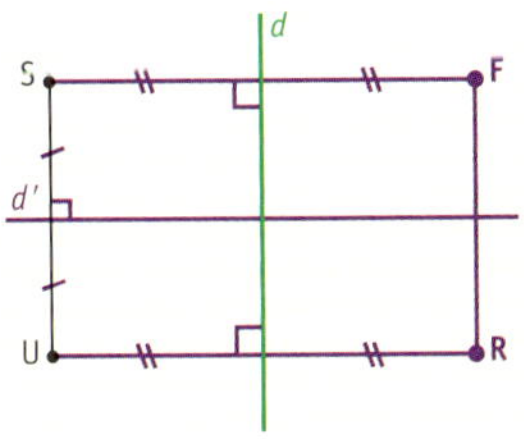

Explication

a. On construit F et R symétriques de S et U par rapport à *d*. Puis on trace [FR], [FS] et [UR].
b. On trace la médiatrice de [SU] par exemple.

8 a. b.

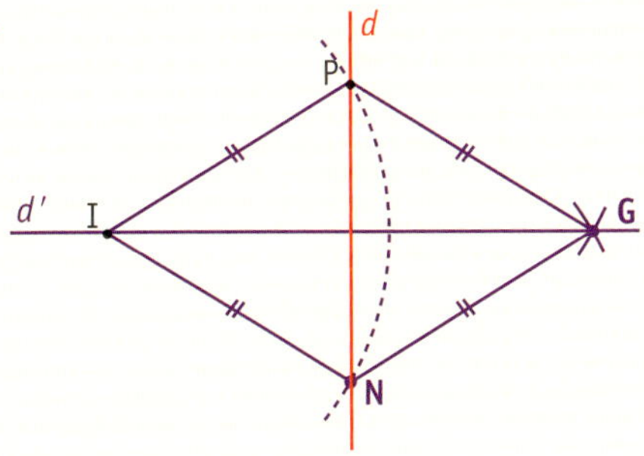

Explication

a. Avec le compas, on place N sur *d* tel que IN = IP puis G tel que PG = IP et NG = IP.
b. *d'* = (IG).

19 Reconnaître des axes de symétrie

> p. 42

infos parents

Reconnaître des axes de symétrie permet de regarder autrement les dessins et les objets plats qui nous entourent : tapisseries, tissus, logos de marques, lettres, chiffres, panneaux, plans de jardins, etc.

1

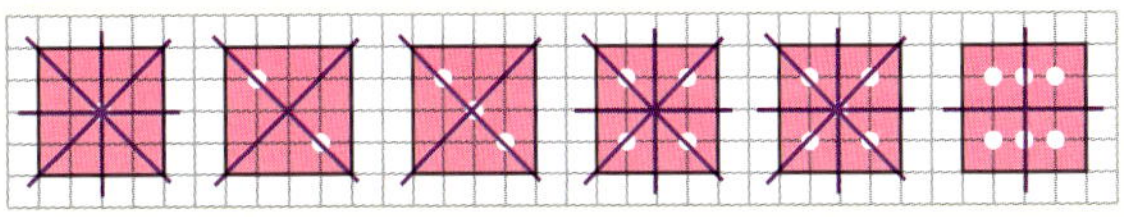

Remarques :

- Comme le rectangle ou le losange, le 2, le 3 et le 6 ont deux axes de symétrie.
- Comme le carré, le 1, le 4 et le 5 ont quatre axes de symétrie.

2

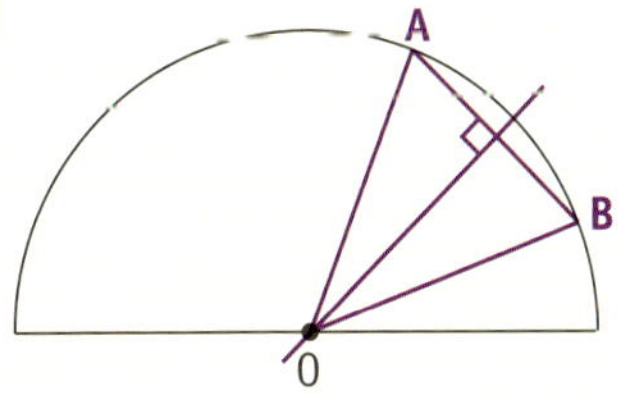

AOB a un axe de symétrie car il est isocèle, (du fait que OA et OB sont égaux au rayon).

Explication

Pour tracer l'axe de symétrie du triangle AOB isocèle en O, il suffit de tracer la perpendiculaire à (AB) passant par O.

3

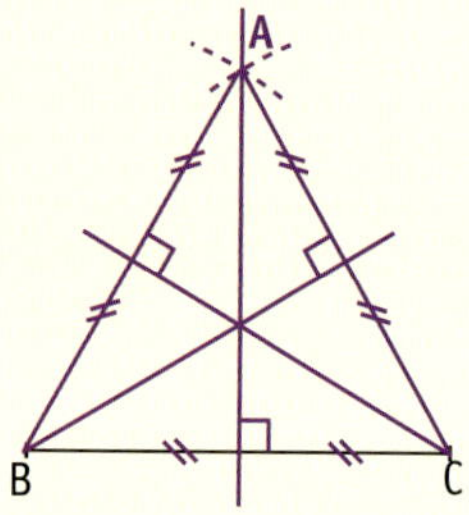

Remarque : les seuls triangles ayant trois axes de symétrie sont les triangles équilatéraux.

4 **a.**

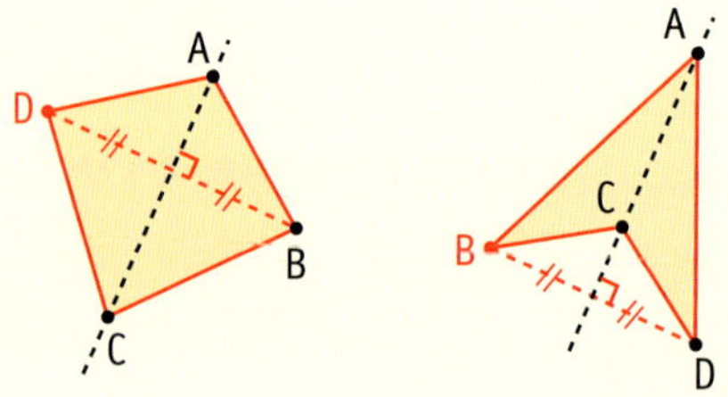

b. Les axes de symétrie d'un losange sont ses diagonales. Donc les losanges sont des cerfs-volants.
Les carrés aussi pour la même raison.

5 Voici le quadrilatère mystérieux :

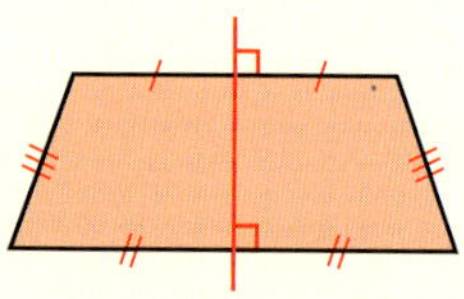

C'est ce qu'on appelle un « trapèze isocèle » ; « trapèze » parce qu'il a deux côtés parallèles et « isocèle » parce que les deux autres côtés sont de même longueur.

6

Explication

On trouve 0, 1, 2, 3 ou 4 axes de symétrie.

20 Connaître les parallélépipèdes rectangles

> p. 44

infos parents

Le parallélépipède rectangle, souvent appelé « pavé » ou « parallélépipède » tout court, est un objet de la **géométrie dans l'espace**. Quand on le dessine sur une feuille, il y a toujours une partie cachée et les faces apparentes sont généralement déformées.
C'est pourquoi les manipulations et les constructions sont si utiles. Alors, au besoin, on peut dessiner, découper, plier et coller pour construire des objets qui aideront à résoudre ces exercices.

1 Dans un parallélépipède, il y a 6 faces, 12 arêtes et 8 sommets.
Remarque : ces résultats serviront dans les exercices suivants.

2 **a.** Un cube a 10 cm d'arête.
Longueur des arêtes : $12 \times 10 = 120$ cm.

b. Un parallélépipède a pour dimensions : 15 cm ; 12 cm ; 8 cm.

Longueur des arêtes :

$(15 \times 4) + (12 \times 4) + (8 \times 4) = 60 + 48 + 32 = 140$ cm.

Explication

a. Longueur totale des arêtes : 12 fois la longueur d'une arête.
b. Il y a 4 arêtes de 15 cm, 4 arêtes de 12 cm et 4 arêtes de 8 cm.
(Manipuler une boîte d'allumettes, par exemple, pour en être sûr.)

3

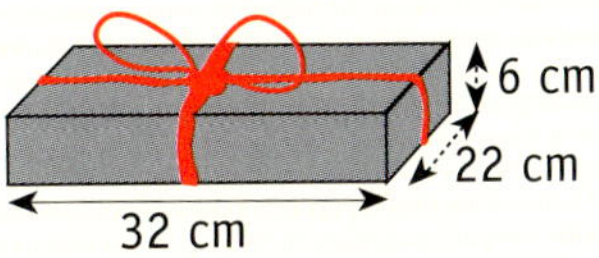

Longueur de ruban :

$(32 \times 2) + (22 \times 2) + (6 \times 4) + 40$
$= 64 + 44 + 24 + 40 = 172$ cm $= 1,72$ m.

Explication

Regardons bien : il faut 2 longueurs, 2 largeurs, 4 hauteurs et le nœud.

4

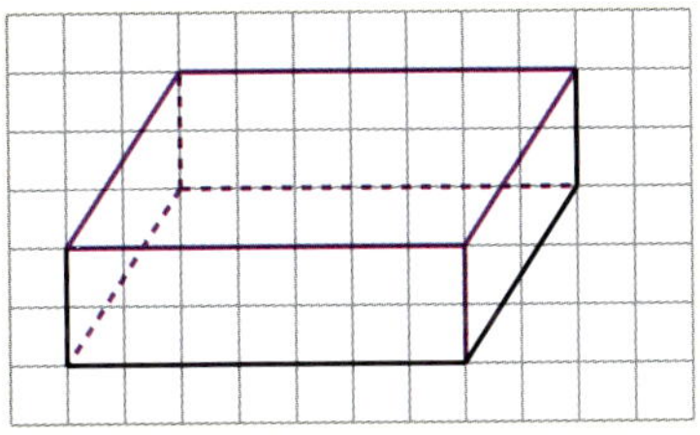

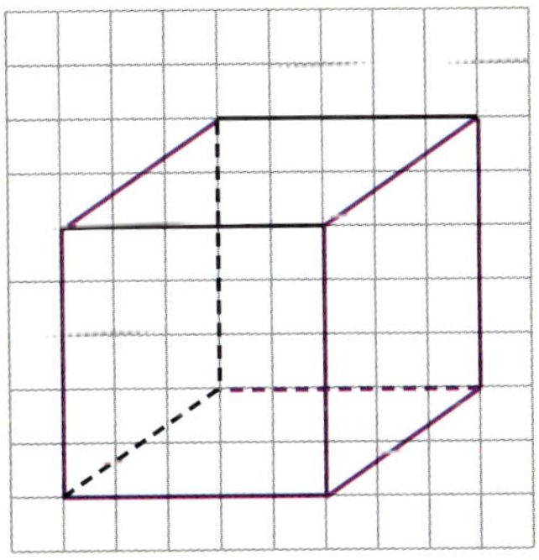

Explication

Dans les deux pavés, il y a trois arêtes cachées, donc en pointillés.

5 Les quatre manières de placer les faces manquantes, sans dépasser le quadrillage sont :

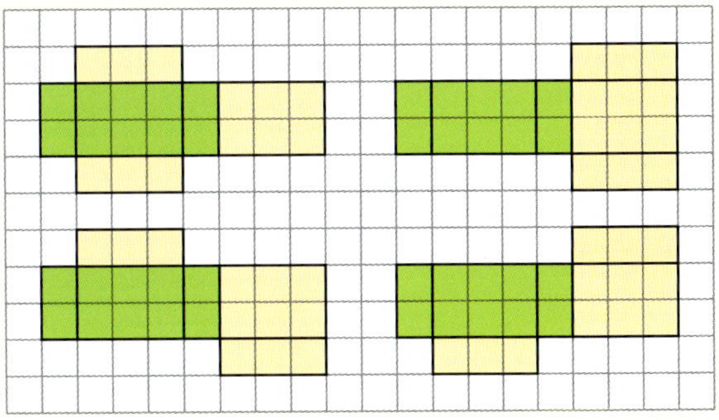

6

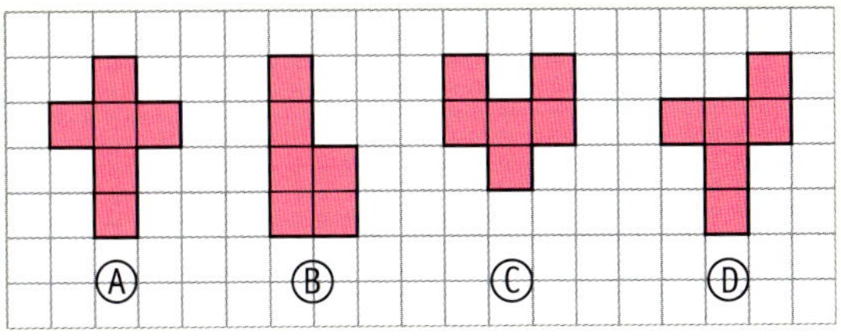

Les patrons de cubes sont : Ⓐ et Ⓓ.

Conseil

Pour être vraiment sûr de la réponse, on peut dessiner sur un quadrillage, découper et plier chaque dessin.

7

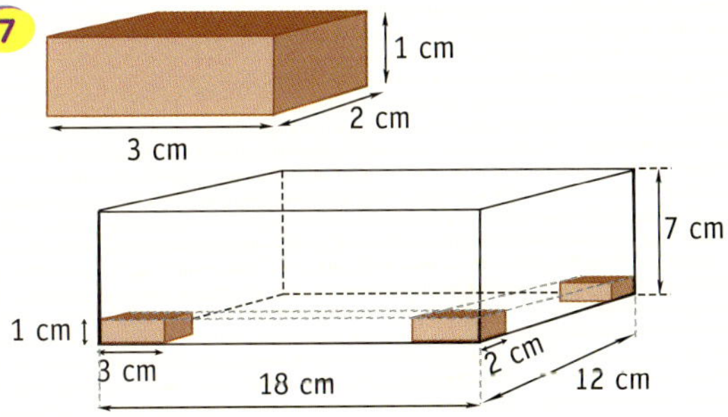

a. En longueur : $18 \div 3 = 6$ morceaux.
b. En largeur : $12 \div 2 = 6$ morceaux.
c. En hauteur : 7 morceaux.
d. $(6 \times 6) \times 7 = 252$. On peut ranger 252 morceaux de sucre dans la boîte.
e. On ne peut pas en mettre davantage en rangeant les morceaux autrement puisqu'elle est pleine avec 252 morceaux.

21 Explorer des prismes et des pyramides

> p. 46

infos parents

Après l'étude des parallélépipèdes rectangles, on aborde les prismes droits et les pyramides régulières.
Il s'agit de développer une bonne vision de ces objets tridimensionnels.
Pour cela, on s'intéresse aux faces, aux sommets, aux arêtes, et bien sûr aux patrons.

1 a. 10 sommets, 7 faces, 15 arêtes.
b. 6 sommets, 5 faces, 9 arêtes.
c. C'est un hexagone (6 côtés).
d. C'est un octogone (8 côtés).
e. C'est un décagone (10 côtés).
Remarque : on voit que, si la base a n côtés, alors le prisme possède $(2 \times n)$ sommets, $(n + 2)$ faces et $(3 \times n)$ arêtes.

2 a. 5 sommets, 5 faces, 8 arêtes.
b. 6 sommets, 6 faces, 10 arêtes.
c. C'est un triangle.
d. C'est un hexagone.
e. C'est un dodécagone (12 côtés).
Remarque : on voit que, si la base a n côtés, alors la pyramide possède $(n + 1)$ sommets, $(n + 1)$ faces et $(2 \times n)$ arêtes.

3 a. Le périmètre de la base est la somme des largeurs des faces rectangulaires : $2{,}7 + 1{,}5 + 2 = 6{,}2$ cm.
b. L'aire latérale est celle du rectangle formé par les trois faces latérales : $6{,}2 \times 3 = 18{,}6$ cm².

4 Chacune des six pyramides a pour base une face du cube et pour sommet principal le point K.
D'où : HAUTK, FONDK, HFDTK, AONUK, HFOAK, TDNUK.

5 a. Les faces latérales d'un prisme sont des rectangles. Donc le triangle du patron est forcément la base du prisme. Donc la base a trois côtés.

b.

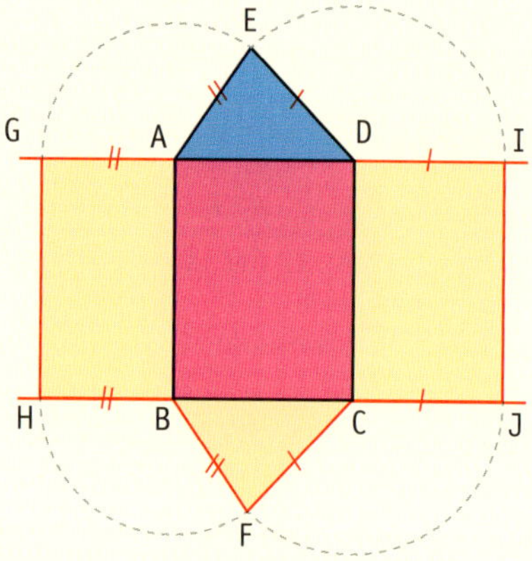

Pour cette construction, on prolonge à la règle les segments [AD] et [BC]. Puis à l'aide du compas, on construit les sommets G, H, I, J, F des trois faces manquantes. Enfin on achève le dessin à la règle.

22 Calculer des durées

> p. 48

infos parents

À l'école élémentaire, les élèves ont étudié les unités de durée.
Ils ont aussi calculé des durées à l'aide de « procédures personnelles ».
L'objectif de cette séquence est de renforcer et de systématiser ces apprentissages.
Ceci donnera l'occasion d'approfondir la compréhension des soustractions et de voir l'intérêt du reste dans une division euclidienne.

1

Conseil
Il faut savoir que 1 min = 60 s et que 1 h = 3 600 s.

a. 4 min 20 s : $(4 \times 60) + 20 = 260$ s.
b. 30 min : $(30 \times 60) = 1\,800$ s.
c. 1 h 40 min : $3\,600 + (40 \times 60) = 6\,000$ s.
d. 2 h 59 s : $(2 \times 3\,600) + 59 = 7\,259$ s.

2

Conseil
Ces questions ressemblent à des devinettes ; un petit calcul nous apporte la bonne réponse.

a. $3 \times 3\,600 = 10\,800$. Donc c'est vrai.
b. Dans un jour, il y a $3\,600 \times 24 = 86\,400$ s.
Dans 2 semaines, il a $86\,400 \times 14 = 1\,209\,600$. Donc c'est vrai.

3 a.

```
  7 h 18 min 30 s
+ 2 h 30 min 19 s
-----------------
  9 h 48 min 49 s
```

b.

```
  3 h 12 min 50 s
+ 1 h 13 min 35 s
-----------------
  4 h 25 min 85 s = 4 h 26 min 25 s
```

c.

```
  1 h 55 min 30 s
+ 4 h 12 min 17 s
-----------------
  5 h 67 min 47 s = 6 h 07 min 47 s
```

Explication

Lorsqu'on obtient plus de 60 s ou plus de 60 min dans le résultat, on réécrit ce résultat différemment.

4 a.

```
  3 h 41 min 19 s
- 2 h 20 min  4 s
-----------------
  1 h 21 min 15 s
```

b.

```
  2 h  8 min 25 s           1 h 68 min 25 s
- 1 h 18 min  5 s    →    - 1 h 18 min  5 s
-----------------         -----------------
        ?                       50 min 20 s
```

Remarque : il n'y a pas assez de minutes en haut. Alors on remplace 2 h 8 min par 1 h 68 min.

c. Vérification de la soustraction **b.** à l'aide d'un axe chronologique.

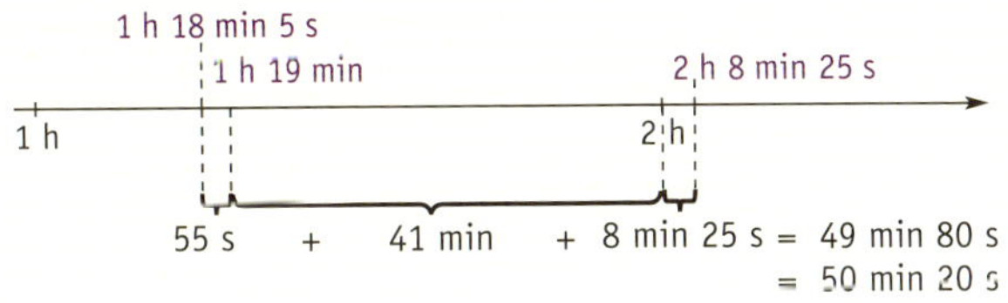

Explication

Il y a 55 s entre 1 h 18 min 5 s et 1 h 19 min.
Il y a 41 min entre 1 h 19 min et 2 h.
Il y a enfin 8 min 25 s à ajouter.

5 a.

```
  10 h 44 min
+  1 h 35 min
-------------
  11 h 79 min = 12 h 19 min
```

Le four s'est arrêté à 12 h 19 min.

b.

```
  11 h 17 min
-  2 h 28 min
-------------
      ?
```

On a 28 > 17. Donc on remplace le premier terme par 10 h 77 min.

```
  10 h 77 min
-  2 h 28 min
-------------
   8 h 49 min
```

Tonton avait commencé à 8 h 49 min.

c. On peut utiliser efficacement un axe chronologique. Mais on peut aussi écrire que 1 h 28 min 17 s du matin, c'est 25 h 28 min 17 s de la veille.
On pose alors la soustraction suivante :

```
  25 h 28 min 17 s
- 23 h 12 min 27 s        Hélas, 27 > 17.
------------------
```

Alors on pose :

```
  25 h 27 min 77 s
- 23 h 12 min 27 s
------------------
   2 h 15 min 50 s
```

Donc Marcel a lavé la vaisselle pendant 2 h 15 min 50 s.

6 a.

```
5 0 0 0 | 60        8 3 | 60
  2 0 0 |----       2 3 |----
    2 0 | 83            | 1
```

Donc 5 000 s = 1 h 23 min 20 s

b.

```
2 1 0 0 | 60
  3 0 0 |----
      0 | 35
```

Donc 2 100 s = 35 min

23 Mesurer des longueurs et des masses

> p. 50

infos parents

Les objectifs de ces exercices sont :
- s'entraîner à faire les conversions d'unités classiques dans le système métrique ;
- montrer qu'on peut souvent comparer des longueurs, ou les ranger dans un certain ordre, sans connaître leurs mesures ;
- montrer que, lorsqu'on compare deux figures, celle qui a la plus grande aire n'a pas forcément le plus grand périmètre.

1 **Remarque :** plus on s'entraîne et plus on est à l'aise.

a. 2 km = 2 000 m
3,5 hm = 350 m
50 dam = 500 m
35 cm = 0,35 m
18 dm = 1,8 m
5 mm = 0,005 m

b. 0,3 m = 30 cm
10,5 m = 1 050 cm
0,9 km = 90 000 cm
35 mm = 3,5 cm
5 dm = 50 cm
1,5 mm = 0,15 cm

2 a. 5 kg = 5 000 g
500 cg = 5 g
2,54 kg = 2 540 g
3 hg = 300 g
50 mg = 0,05 g
5 dg = 0,5 g

b. 3 000 g = 3 kg
20 dag = 0,2 kg
7,3 t = 7 300 kg
250 g = 0,25 kg
70 hg = 7 kg
50 quintaux = 5 000 kg

Remarque : le quintal s'utilise en agriculture et la tonne est très courante.

3 125 g × 8 = 1 000 g = 1 kg.

Explication

On commence par calculer le poids de yaourt en g, puis on convertit en kg.

4 La souris a parcouru :
600 × 80 cm = 48 000 cm = 480 m.
Le nageur a parcouru : 16 × 25 = 400 m.
Donc la souris a parcouru la plus longue distance.

5 350 × 40 g = 14 000 g = 14 kg.
3 × 5 kg = 15 kg.
Les 3 paquets de 5 kg sont les plus lourds.

6 1 tonne = 1 000 kg.
La division de 1 000 par 35 donne 28 au quotient et 20 au reste. Jules devra donc faire 29 tours de brouette. Pour le dernier, il n'y aura que 20 kg de gravier dans la brouette.

7

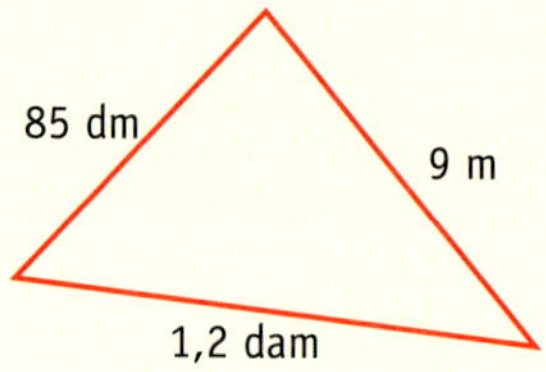

85 dm = 8,5 m et 1,2 dam = 12 m.
Périmètre du triangle (en m) : 8,5 + 9 + 12 = 29,5.

Explication

Convertir d'abord toutes les longueurs dans une même unité.
Le périmètre d'un triangle est la somme des longueurs des côtés.

8

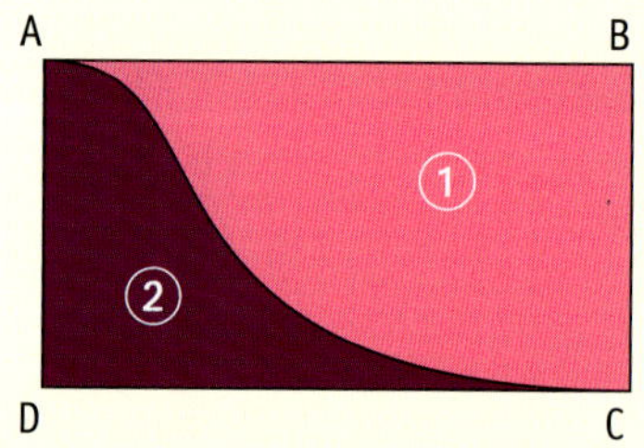

Pour chaque parcelle, le périmètre se compose d'une longueur du rectangle, d'une largeur, et de la ligne courbe AC.
Donc les deux parcelles ont le même périmètre.

Explication

Deux figures peuvent avoir le même périmètre et des aires différentes et ceci peut surprendre.

9

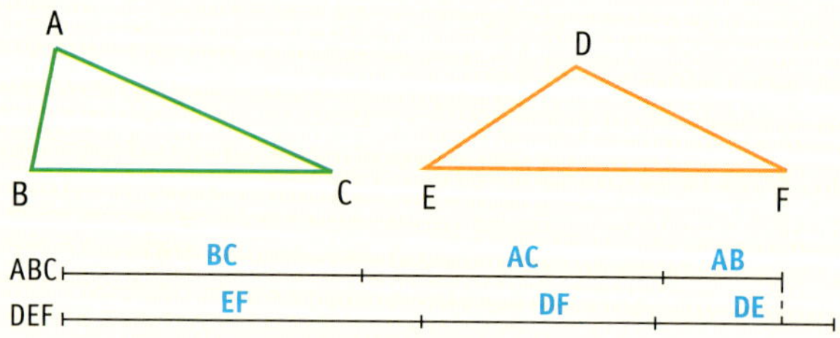

Donc ABC a le plus petit périmètre.
Remarque : on voit ici qu'il est parfois possible de comparer des longueurs sans connaître leurs mesures.

24 Calculer la longueur d'un cercle

> p. 52

infos parents

La présence du nombre π dans un calcul conduit généralement à un résultat approché. On peut remplacer π par 3,14 mais il est plus précis (et plus facile) d'utiliser la touche (π) de la calculatrice et d'arrondir ensuite le résultat final.

1

	A	B	C	D
Rayon	3 cm	2,5 cm	0,95 cm	0,7 cm
Diamètre	6 cm	5 cm	1,91 cm	1,4 cm
Longueur du cercle	18,85 cm	15,71 cm	6 cm	4,40 cm

Explication

Pour C, diamètre = 6 ÷ π et rayon = diamètre ÷ 2

2

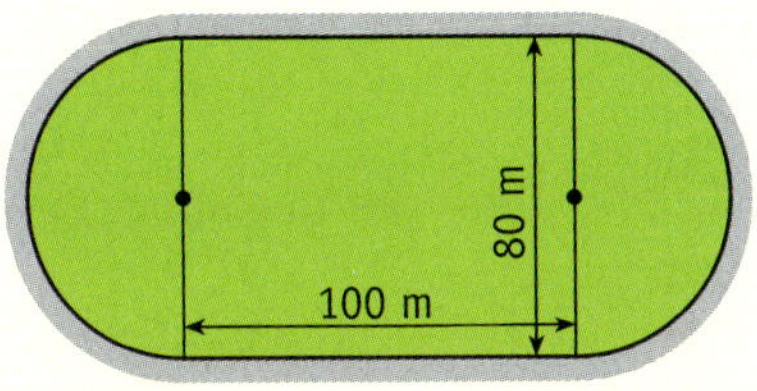

La piste est constituée de deux longueurs de rectangle et deux demi-cercles (qui valent un cercle).
Longueur de la piste (en m) :
$(100 \times 2) + 80 \times \pi \approx 451{,}33$ m.

3

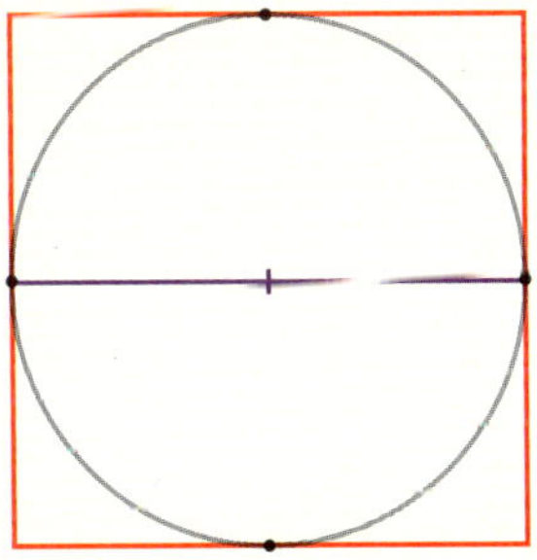

Côté du carré (en cm) : $17 \div 4 = 4{,}25$.
C'est aussi le diamètre du cercle.
Longueur du cercle (en cm) :
$4{,}25 \times \pi \approx 13{,}4$ à 1 mm près.

Explication

On calcule d'abord le diamètre du cercle qui est le côté du carré.
Ensuite on calcule la longueur du cercle.

4

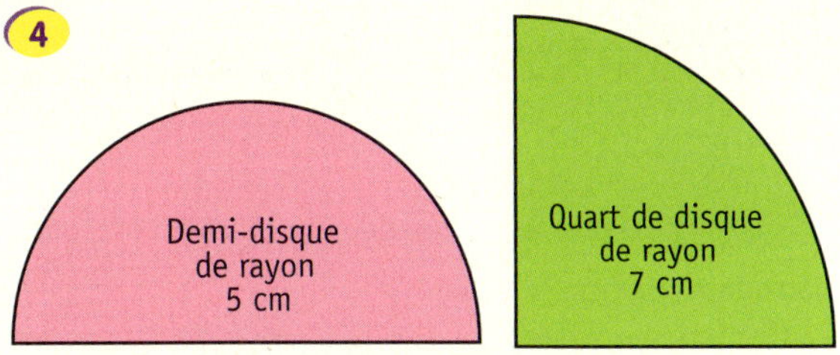

Périmètre du demi-disque (en cm) :
$10 + (10 \times \pi \div 2) \approx 25{,}71$.
Périmètre du quart de disque (en cm) :
$14 + (14 \times \pi \div 4) \approx 25$.
Donc le demi-disque a le plus long périmètre.

Explication

- Il faut bien distinguer diamètre et rayon.
- Seul le calcul permet de répondre.

5 Deux demi-cercles valent un cercle.
3 quarts de cercle et 1 quart de cercle valent 1 cercle.

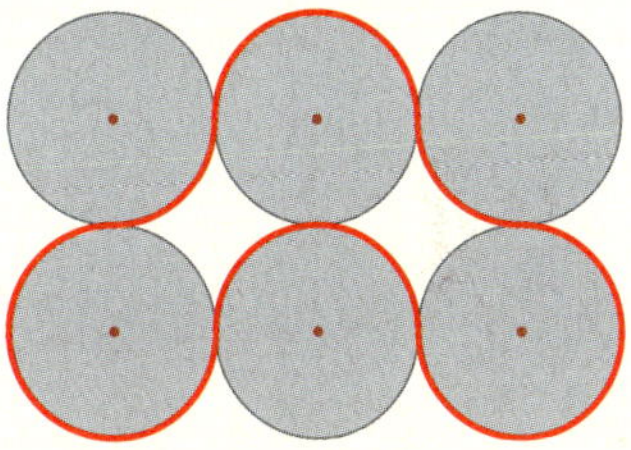

Le circuit équivaut à 3 cercles.
Sa longueur (en m) est :
$10 \times 2 \times \pi \times 3 \approx 188{,}50$ m à 1 cm près.

6 Le diamètre des cercles est égal au côté du carré, c'est-à-dire 3 cm.

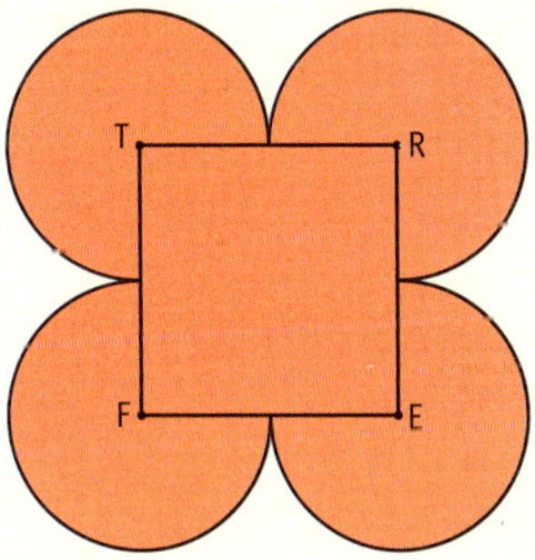

Ce tour vaut 4 fois les $\frac{3}{4}$ d'un cercle de 3 cm de diamètre,
c'est-à-dire $4 \times \frac{3}{4} \times (\pi \times 3) \approx 28{,}3$ cm à 1 mm près.

Explication

Plus simplement : $4 \times \frac{3}{4}$ de tour, c'est 3 tours ;
d'où $3 \times (\pi \times 3) = 9\pi \approx 28{,}3$ cm.

7 a. $22 \div 7 \approx 3{,}14$ b. $28 \times \frac{22}{7} = 88$ (en cm).

Explication
$\frac{22}{7}$ n'est pas égal à π : ces deux nombres n'ont que deux décimales en commun.
Mais $\frac{22}{7}$ est aussi précis que 3,14 à 0,01 près.

25 Comparer et calculer des aires

> p. 54

infos parents
Comme à l'école élémentaire, on peut comparer des aires sans les calculer dans une unité conventionnelle : il suffit de les décomposer en morceaux comparables.
Quant aux calculs d'aires, ils vont désormais s'étendre aux triangles et aux disques et on ne fera rien pour éviter les nombres décimaux.

1

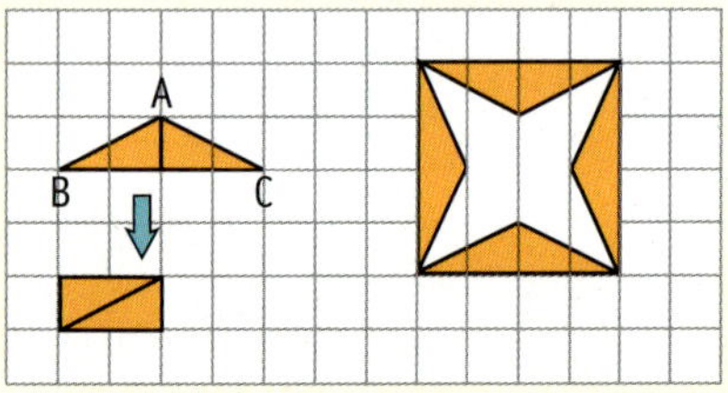

a. L'aire du triangle ABC est 2 carreaux.
b. L'aire de l'étoile blanche est :
$(4 \times 4) - (4 \times 2) = 16 - 8 = 8$.
Donc l'aire de l'étoile blanche est de 8 carreaux.

Explication
b. Il serait assez compliqué de calculer directement l'aire de cette étoile.
Cela devient simple en soustrayant l'aire des quatre triangles à l'aire du carré.

2

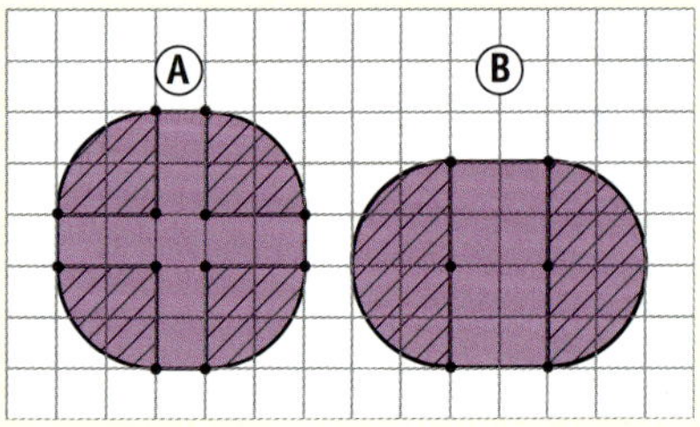

Les parties hachurées ont la même aire. Il s'y ajoute 9 carreaux pour la première figure et 8 pour la seconde. Donc la première aire est la plus grande.

Explication
Ici, on compare sans calculer l'aire. On retrouve un même disque coupé en quatre dans la première figure et en deux dans la seconde. Il ne reste plus qu'à comparer les parties centrales en dénombrant les carreaux.

3 a. $6 \times 11 = 66$ cm²
b. $40 \times 30 = 1\,200$ m²
c. $1{,}2 \times 2 = 2{,}4$ km²
d. $8 \times 11 = 88$ mm²
e. $4 \times 1{,}5 = 6$ hm² $= 6$ ha
f. $0{,}1 \times 0{,}1 = 0{,}01$ mm²
g. $4 \times 9 = 36$ dm²

4 a. Aire du carré = côté × côté.
Aire du carré : $6{,}5 \times 6{,}5 = 42{,}25$ cm².
b. Aire du rectangle = longueur × largeur.
Aire du rectangle : $14 \times 9{,}5 = 133$ dm².
c. Aire du triangle rectangle :
$(36 \times 4) \div 2 = 72$ dam².

Explication
On n'oublie pas de diviser par 2 pour calculer l'aire d'un triangle !

5 Pour Ⓐ, on calcule l'aire d'un disque de rayon 2 et on ajoute 9 carreaux.
Donc : $(\pi \times 2 \times 2) + 9 = (\pi \times 4) + 9 \approx 21{,}57$ carreaux.
Pour Ⓑ, on trouve 20,57 carreaux.

6 Première étape : on calcule la longueur du jardin.
Longueur : $23{,}5 + 8{,}2 = 31{,}7$ m.
Aire : $23{,}5 \times 31{,}7 = 744{,}95$ m².

7 On calcule séparément les aires des trois parties.
Aire du carré $= 5 \times 5 = 25$ m².
Aire du triangle rectangle : $8 \times 5 \div 2 = 20$ m².
Aire du triangle quelconque : $13 \times 3 \div 2 = 19{,}5$ m².
Donc l'aire du terrain est $25 + 20 + 19{,}5 = 64{,}5$ m².

Explication
Le triangle quelconque a pour base : $5 + 8 = 13$ m.
Et pour hauteur 3 m, même si celle-ci n'est pas tracée.

8 a. Aire totale des six faces du cube :
$11 \times 11 \times 6 = 726$ cm².
b. Aire totale des six faces du pavé :
$[(8 \times 7) + (8 \times 3) + (7 \times 3)] \times 2$
$= (56 + 24 + 21) \times 2$
$= 101 \times 2 = 202$ cm².

26 Connaître les unités d'aire

> p. 56

infos parents

Conformément aux recommandations du nouveau programme, le traditionnel tableau de conversion des unités d'aire est abandonné au profit de l'utilisation des équivalences entre diverses unités.

1 a. 35 dam² = 3 500 m²
b. 50 dm² = 0,5 m²
c. 2 001 dam² = 200 100 m²
d. 3 650 dm² = 36,5 m²
e. 5 hm² = 500 dam² = 50 000 m²
f. 11 200 cm² = 112 dm² = 1,12 m²
g. 0,23 hm² = 23 dam² = 2 300 m²
h. 100 000 cm² = 1 000 dm² = 10 m²

Explication
À chaque étape,
- on multiplie le nombre par 100 lorsqu'on va vers l'unité immédiatement plus petite ;
- on divise le nombre par 100 lorsqu'on va vers l'unité immédiatement plus grande.

2 a. 3,7 m² = 370 dm²
b. 68,5 cm² = 0,685 dm²
c. 0,25 m² = 25 dm²
d. 3 740 cm² = 37,4 dm²
e. 0,12 dam² = 12 m² = 1 200 dm²
f. 36 500 mm² = 365 cm² = 3,65 dm²
g. 3 dam² = 300 m² = 30 000 dm²
h. 105 000 mm² = 1 050 cm² = 10,5 dm²

Explication
Même démarche qu'à l'exercice précédent.

3 a. 6 dam² + 71 m² = 600 m² + 71 m² = 671 m²
b. 15 dam² + 1,5 m² = 1 500 m² + 1,5 m² = 1 501,5 m²
c. 5,3 dam² + 104 m² = 530 m² + 104 m² = 634 m²
d. 7 hm² + 18 dam² + 36 m²
= 70 000 m² + 1 800 m² + 36 m² = 71 836 m²
e. 0,3 hm² + 3 000 m² = 3 000 m² + 3 000 m²
= 6 000 m².

Explication
d. 7 hm² = 700 dam² = 70 000 m²
e. 0,3 hm² = 30 dam² = 3 000 m²

4 Aire d'un carreau : 15 cm × 15 cm = 225 cm².
Aire carrelée : 225 cm² × 90 = 20 250 cm² = 202,5 dm² = 2,025 m².

Explication
On cherche d'abord l'aire d'un carreau. Puis on multiplie par 90 et on convertit en m².

5 Aire de 1 500 dalles :
20 dm² × 1 500 = 30 000 dm² = 300 m².
Donc 1 500 dalles ne suffiront pas.

Explication
Le plus facile est de calculer l'aire de 1 500 dalles et de comparer à 320 m².

6 Seconde parcelle : 3 ha + 26 a = 3,26 ha.
Aire totale du terrain : 3 ha + 3,26 ha = 6,26 ha.

Explication
1 a = 0,01 ha, donc 26 a = 0,26 ha,
donc 3 ha 26 a = 3,26 ha.

7 Convertissons les deux aires données en hm².
Pour la fille : 1 km² = 100 hm².
Pour le fils : 10 ha = 10 hm².
Donc la fille a reçu la plus grande surface.

27 Mesurer des volumes

> p. 58

infos parents

Conformément au programme, on apprend ici à déterminer le volume d'un parallélépipède en le remplissant avec des unités plus petites.
On précise les relations entre m³, dm³, cm³, etc.
On rappelle que 1 litre = 1 dm³ ainsi que les autres relations.

1

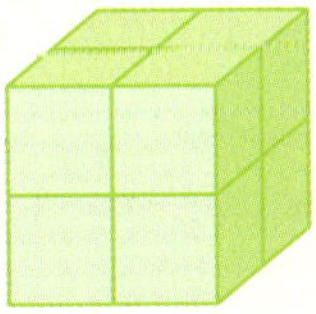

Nombre de cm³ : (2 × 2) × 2 = 8
On dit que son volume est : 8 cm³.

Explication
Dans cet exercice et dans les suivants, on se demande combien il y a d'unités dans une couche et combien il y a de couches.

2 Dans une couche il y a (7×5) cm³ soit 35 cm³. Et il y a 2 couches.

Donc le volume en cm³ est : $(7 \times 5) \times 2 = 70$ cm³.

3 **a.** Pour la boîte d'Eliott, une couche contient $4 \times 6 = 24$ cubes. Et la boîte contient 3 couches, donc $24 \times 3 = 72$ cubes.

b. Pour la boîte de Séréna, le même raisonnement donne $(5 \times 7) \times 2 = 35 \times 2 = 70$ cubes. C'est donc la boîte d'Eliott qui contient le plus de cubes.

4 **a.** Nombre de cm³ dans 1 dm³ :

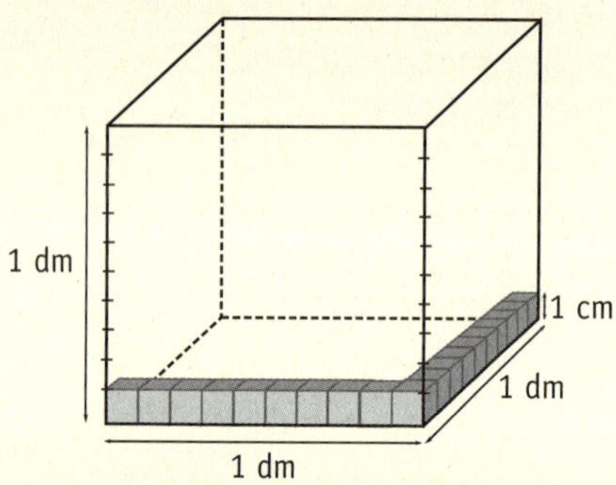

$10 \times 10 \times 10 = 1\,000$
donc 1 dm³ = 1 000 cm³.
b. 1 cm³ = 1 000 mm³.
Et de la même façon on prouverait que :
1 m³ = 1 000 dm³.

Explication
On retient que les unités de volume vont de 1 000 en 1 000 :
1 m³ = 1 000 dm³
1 dm³ = 1 000 cm³
1 cm³ = 1 000 mm³.

5 **a.** En décimètres, les trois dimensions sont 12 dm, 7 dm et 5 dm.
Donc la caisse contient $(12 \times 7) \times 5 = 420$ dm³ ou L.
b. $420 \div 2 = 210$. La caisse sera vide au bout de 210 jours.

Explication
On doit savoir remplacer sans hésiter les litres par les dm³ et vice versa, car 1 litre = 1 dm³.

6 Consommation hebdomadaire de grenadine :
$(1{,}5 \times 2 \times 6) + (1{,}5 \times 4) = 18 + 6 = 24$ litres.
Le tonneau contient un demi-mètre cube, soit 500 L.
La division de 500 par 24 donne 20 au quotient et 20 au reste. Donc la panne sèche aura lieu au cours de la 21e semaine.

28 Mesurer et reporter des angles

> p. 60

infos parents
L'apprentissage du rapporteur se fait désormais en Sixième. Il sert à mesurer des angles déjà dessinés, mais aussi à construire des angles de mesure donnée.

1

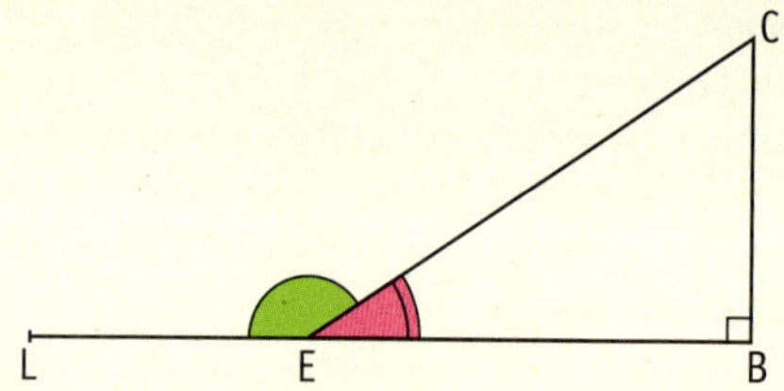

a. $\widehat{BEC}$ est aigu — $\widehat{BEC} = 33°$
b. $\widehat{BEL}$ est plat — $\widehat{BEL} = 180°$
c. $\widehat{LEC}$ est obtus — $\widehat{LEC} = 147°$
d. $\widehat{CBE}$ est droit — $\widehat{CBE} = 90°$
e. $\widehat{ECB}$ est aigu — $\widehat{ECB} = 57°$

Remarques :
- Ce vocabulaire est à savoir.
- « Obtus » prend toujours un s, même au singulier.

2 **a.**

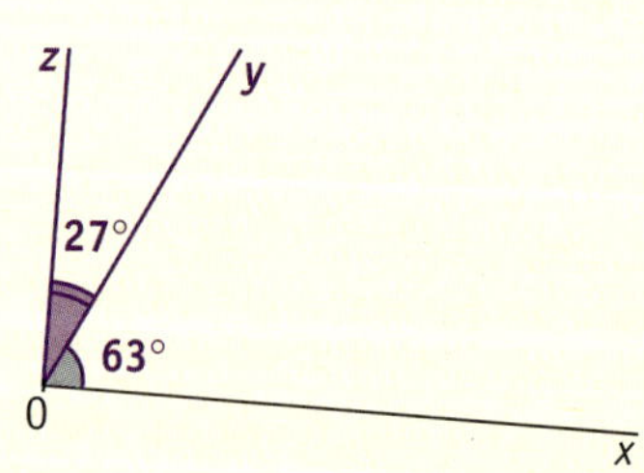

Il ne suffit pas de savoir mesurer un angle, il faut aussi savoir construire, à l'aide du rapporteur, un angle de mesure connue.
b. $\widehat{xOz}$ mesure $63° + 27° = 90°$. Donc il est droit.

Conseil
On vérifiera à l'équerre que $\widehat{xOz}$ est droit.

3 **a.**

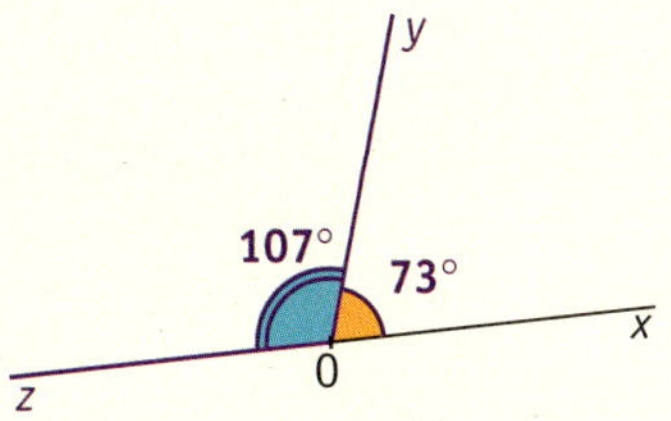

b. $\widehat{xOz}$ mesure 73° + 107° = 180°. Donc il est plat.

Conseil

On vérifiera à la règle que $\widehat{xOz}$ est plat.

4 **a.** On trace le segment [AB]. Puis, à l'aide du rapporteur, on construit les angles $\hat{A}$ et $\hat{B}$ en respectant les mesures indiquées. Les deux côtés ainsi obtenus se coupent en C.

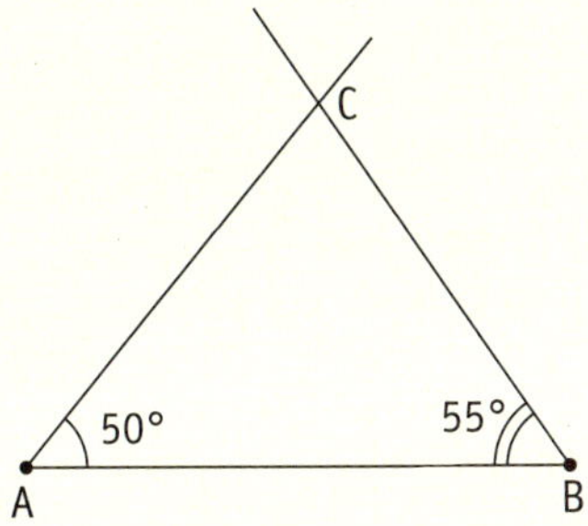

b. $\hat{C}$ = 180° − (50° + 55°) = 180° − 105° = 75°.
Si le rapporteur confirme cette mesure, alors la figure est correcte.

5 **a.** On construit les angles $\hat{A}$ et $\hat{B}$ au rapporteur, en respectant leurs mesures.
Sur le côté issu de B, on place le point C à 4 cm. Puis on construit l'angle $\hat{C}$ de 110°.
Enfin, on place la lettre D au dernier sommet de la figure.

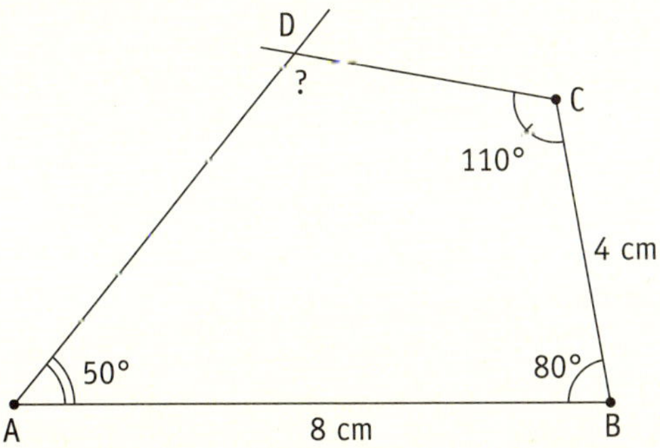

b. $\hat{D}$ = 360° − (50° + 80° + 110°) = 360° − 240° = 120°.
Si le rapporteur confirme cette mesure, alors la figure est correcte.

6 **a.** Nombre de voix obtenu par chacun des candidats :
M. Propre : 3 500 × 25 ÷ 100 = 875.
M. Rétro : 3 500 × 35 ÷ 100 = 1 225.
Mme Rose : 3 500 × 40 ÷ 100 = 1 400.

b.

Pourcentage	25	35	40	100
Angle	90°	126°	144°	360°

Angle de M. Propre : 360 × 25 ÷ 100 = 90°
Angle de M. Rétro : 360 × 35 ÷ 100 = 126°
Angle de Mme Rose : 360 × 40 ÷ 100 = 144°

c.

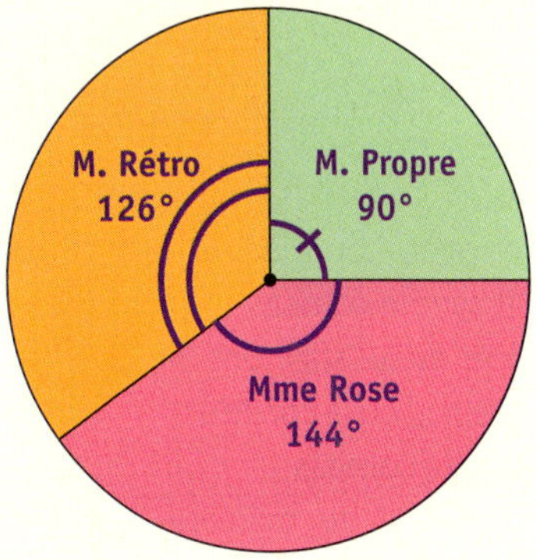

Explication

a. Pour calculer les nombres de voix, on applique les taux de pourcentage à 3 500.
b. Pour calculer les angles, on applique les taux de pourcentage à 360, car il y a 360° dans un tour complet.

Bilan : vers la 5^e

> p. 62

1 **1.** 128 = 11 × 11 + 7. Donc la bonne réponse est **c.**
2. 2 017 + 8 = 2 025 dont la somme des chiffres est 9. Donc la bonne réponse est **a.**
3. Après augmentation, le 1er côté mesure 40 + 40 × 0,15 = 46, le second 32 + 32 × 0,15 = 36,8 et le dernier 23. Donc le nouveau périmètre mesure 46 + 36,8 + 23 = 105,8. Donc la bonne réponse est **c.**
4. (7 × 8) − [14 − (9 ÷ 2)] = 56 − [14 − 4,5]
= 56 − 9,5 = 46,5. Donc la bonne réponse est **b.**
5. 1 L = 1 000 cm^3 et 1 000 ÷ 8 = 125.
Donc la bonne réponse est **a.**

2 **1.** Le périmètre du cercle mesure
$2 \times 1{,}5 \times \pi \approx 3 \times 3{,}14 \approx 9{,}42$ cm.
2. Côté du carré : $2 \times 1{,}5 = 3$ cm.
Périmètre : $4 \times 3 = 12$ cm.
3. Comme OZ = OY = 1,5 cm, Z et Y sont sur le cercle.
4. Pour tracer ce diamètre, on pose la règle sur les points A et C.
5. C est à l'extérieur du cercle, donc OC > 1,5 cm. Marine s'est trompée.

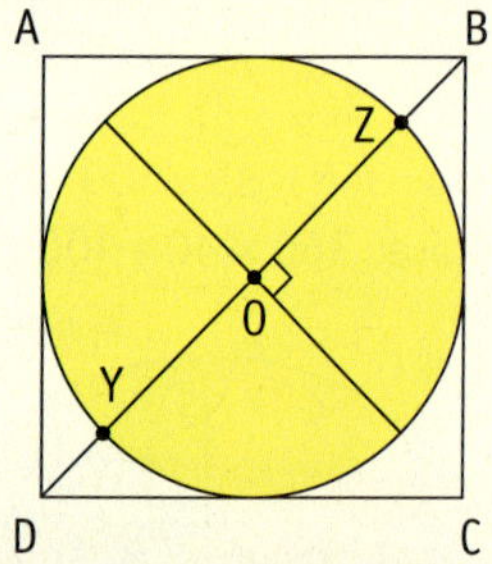

3 **1.** On peut commencer par tracer [AC], puis construire B avec le compas.
2. Les 4 côtés du losange ont la même longueur, d'où la construction de D avec le compas.
3. On construit d de manière habituelle.

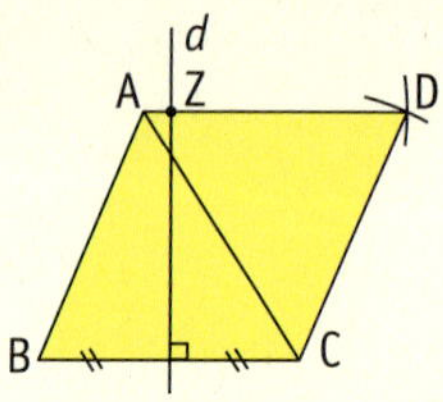

4. (AD)//(BC) comme côtés opposés d'un losange.
d est perpendiculaire à (BC) par définition. Si deux droites sont parallèles, toute perpendiculaire à l'une est perpendiculaire à l'autre. Donc d est perpendiculaire à (AD).
5. Comme Z est sur d, ZB = ZC donc ZBC est isocèle en Z.
6. C est le symétrique de B par rapport à d car d est la médiatrice de [BC].

4 **1.** 25 hL = 2 500 L.

Volume (en litres)	2 500	2
Masse (en kg)	…	5

Le coefficient de proportionnalité est $5 \div 2 = 2{,}5$, donc la masse de pommes est $2\,500 \times 2{,}5 = 6\,250$ kg.
2. $\frac{3}{4}$ L = 0,75 L. Le nombre de bouteilles pleines est la partie entière du quotient de 2 500 par 0,75, soit 3 333 bouteilles pleines.
3. Dans la dernière bouteille, il y a :
$2\,500 - 3\,333 \times 0{,}75 = 0{,}25$ L,
ce qui représente moins de la moitié de la bouteille.
4. $3\,334 \div 12 \approx 277{,}83$ donc 278 casiers.

5 **1.**

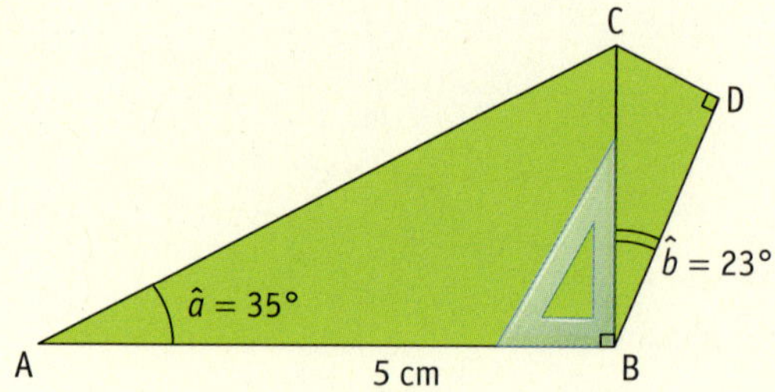

On trace [AB] puis on élève la perpendiculaire à (AB) passant par B à l'aide de l'équerre.
On construit l'angle $\hat{a}$ à l'aide du rapporteur et on obtient C. On construit l'angle $\hat{b}$ puis on trace la perpendiculaire à (BD) passant par C.
2. On mesure $\widehat{ACD} = 122°$.

6 **1.** En 30 ans, il y a :
$30 \times 365 \times 24 \times 3\,600 = 946\,080\,000$ s,
ce qui est inférieur à 1 milliard. Donc oui.
2. Le feu passera au vert à :
17 h 58 min 49 s + 4 min 23 s = 17 h 62 min 72 s
= 17 h 63 min 12 s = 18 h 03 min 12 s.
3. En divisant 1 001 par 365 on obtient au quotient 2 et au reste 271. La réponse est donc oui.
4. De 23 h 47 min à minuit, il y a 13 min.
Donc Sabrina a utilisé son portable pendant
13 min + 1 h 19 min = 1 h 32 min.

7 **1.** La hauteur de l'édifice mesure 3 côtés du cube. Le côté du cube mesure donc $21 \div 3 = 7$ cm. Il y a 9 cubes d'où le volume de l'édifice $9 \times 7 \times 7 \times 7 = 3\,087$ cm^3.
2. Un pavé droit a 12 arêtes, la pyramide aussi. Donc la base de la pyramide a $12 \div 2 = 6$ arêtes. La base est un hexagone.
3. Le prisme a $7 - 2 = 5$ faces latérales. Donc sa base a 5 arêtes et donc 5 sommets.
Le prisme a donc 10 sommets.
4. Le périmètre du patron comporte 14 arêtes.
Chaque arête mesure donc $182 \div 14 = 13$ cm.
Le volume du cube est $13 \times 13 \times 13 = 2\,197$ cm^3.

8 L'aire du carré mesure $80 \times 80 = 6\,400$ m^2.
L'aire du rectangle mesure $250 \times 120 = 30\,000$ m^2.
L'aire du triangle rectangle $(250 - 80) \times 80 \div 2$
$= 170 \times 80 \div 2 = 6\,800$ m^2.
L'aire du triangle $250 \times (330 - 80 - 120) \div 2$
$= 250 \times 130 \div 2 = 16\,250$ m^2.
Aire du terrain :
$6\,400 + 30\,000 + 6\,800 + 16\,250 = 59\,450$ m^2.

Bescherelle
La référence au collège

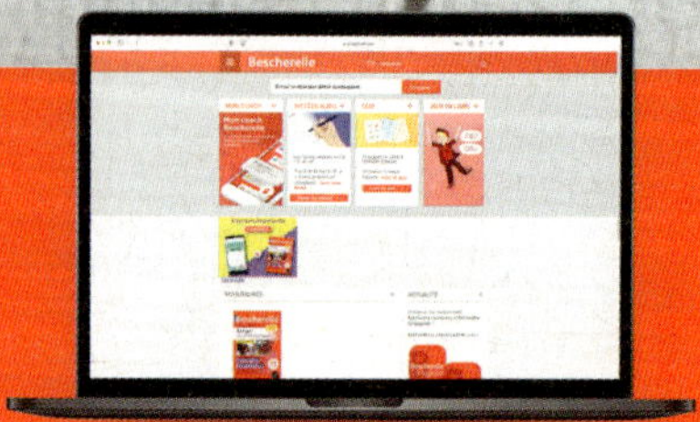

Des compléments pour s'entraîner sur www.bescherelle.com

Hatier

3 Partage d'un triangle

A, B et C sont trois points d'un cercle de centre O.

Comment partager le triangle ABC en trois triangles isocèles ?

Justifie ....

....

....

....

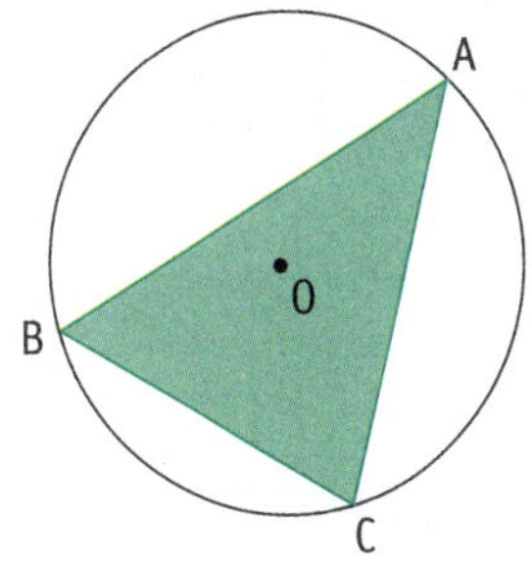

COUP DE POUCE
Vois le chapitre 16.

4 Construire un triangle ayant trois côtés de longueurs connues

a. Construis un triangle ABC tel que AB = 3,5 cm, AC = 4 cm et BC = 6 cm.

COUP DE POUCE
Utilise le compas pour reporter une longueur.

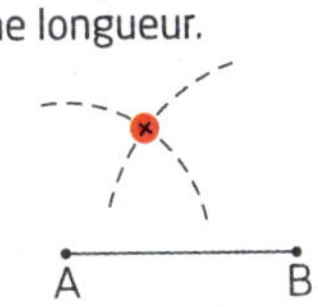

b. Calcule le périmètre du triangle ABC.

....

....

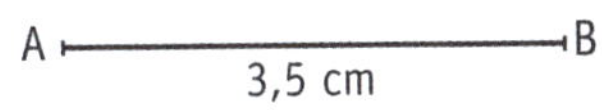

5 Le ballon de rugby et l'œuf

a. Construis un ballon ovale en suivant le modèle ci-dessous.

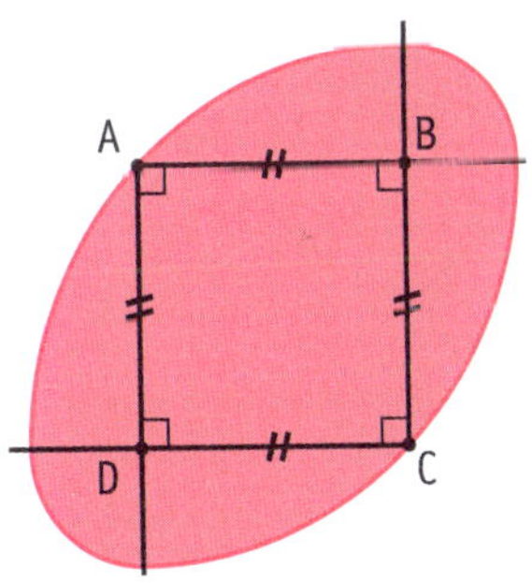

COUP DE POUCE
Construis d'abord un carré ABCD.

b. Réalise le même travail avec un œuf.

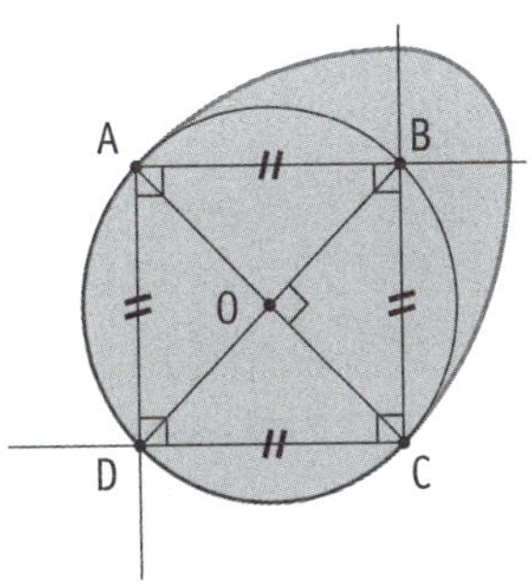

ATTENTION !
Pour chaque arc de cercle, repère bien le centre et le rayon.

CORRIGÉS P. 13

ESPACE ET GÉOMÉTRIE

15 Connaître et construire la médiatrice d'un segment

Qu'est-ce que la médiatrice d'un segment ?

Définition et propriété

- La **médiatrice** du segment [AB] est la perpendiculaire à (AB) passant par le milieu de [AB].
- La médiatrice de [AB] est constituée des points situés à **égale distance** de A et de B.

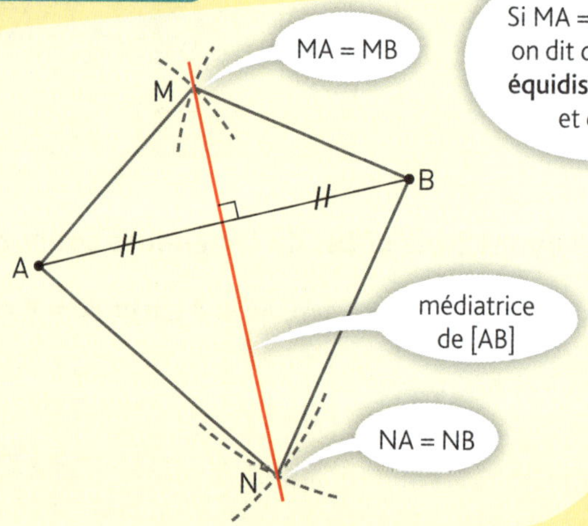

Construction

- Choisir un écartement de compas (ni trop grand, ni trop petit).
- Tracer deux arcs de cercle de centre A, de part et d'autre de [AB].
- Avec le même écartement, tracer deux arcs de cercle de centre B, de part et d'autre de [AB].
- Ces arcs se coupent en I et J.

Tracer la droite (IJ) : c'est la médiatrice de [AB].

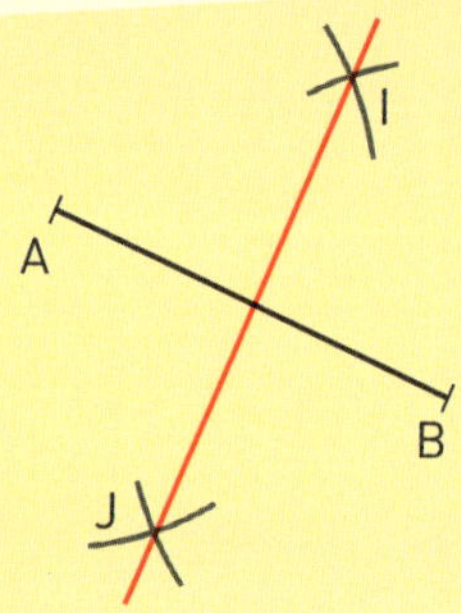

1 Médiatrices de deux segments

a. Construis les médiatrices de [AB] et [AC].

b. Y a-t-il un point à égale distance de A, B et C ?

Pourquoi ? ....

....

....

....

....

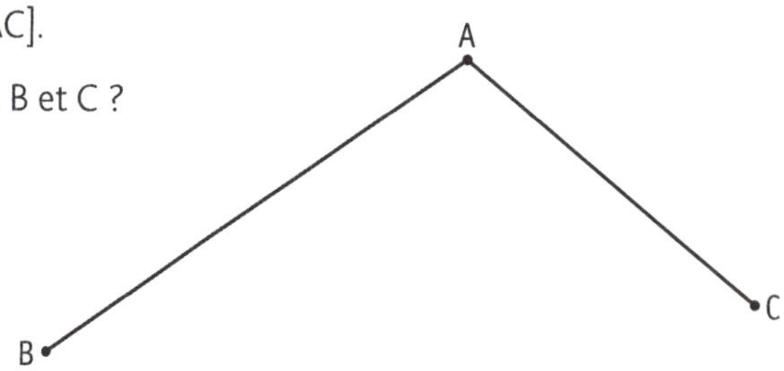

COUP DE POUCE

a. Prends ton compas.

b. Chaque point de la médiatrice de [AB] est équidistant de A et B.

2 Avec trois points alignés A, B et C

a. Construis les médiatrices de [AB] et [BC].

b. Que peut-on dire de ces deux médiatrices ?

Justifie : ....

....

....

3 Cercle « circonscrit » à un triangle

a. Construis les médiatrices des trois côtés du triangle ABC.

b. On appelle O le point commun aux trois médiatrices.
Explique pourquoi O est à égale distance des trois sommets.

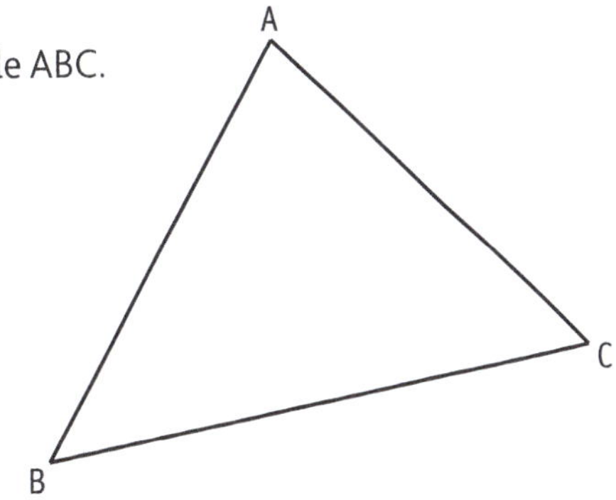

c. Trace le cercle de centre O passant par A, B et C.

COUP DE POUCE
Si la construction est précise, on voit les trois médiatrices se couper en un même point.

4 Une médiatrice dans un rectangle

a. Construis la médiatrice de la diagonale [BD].

b. Cette médiatrice passe-t-elle par A ? Pourquoi ?

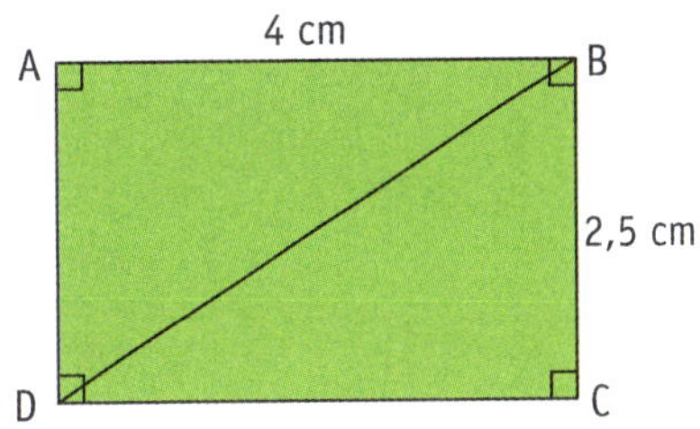

5 Une médiatrice dans un carré

a. Construis la médiatrice de la diagonale [BD].

b. Cette médiatrice passe-t-elle par A ? Pourquoi ?

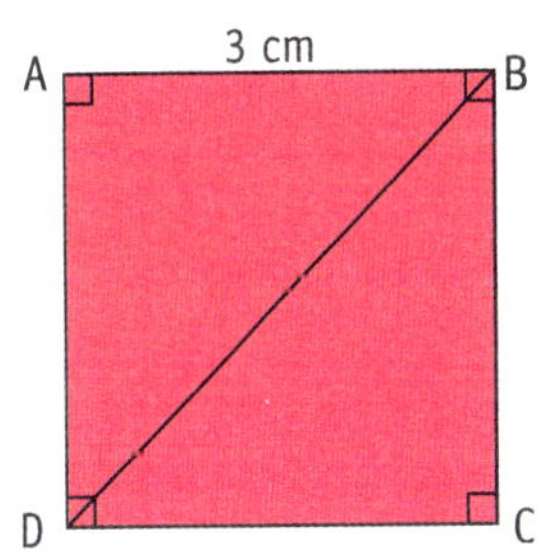

6 Chacun chez soi

Dans une île, il y a deux villages A et B. Malheureusement, les moutons de A vont brouter dans les prairies de B et vice versa. Alors les habitants ont décidé de construire une clôture pour séparer les deux territoires.
Le territoire du village A est constitué des points qui sont plus près de A que de B.
Le territoire de B est constitué des points qui sont plus près de B que de A.
Quelle est la frontière ? Construis-la.

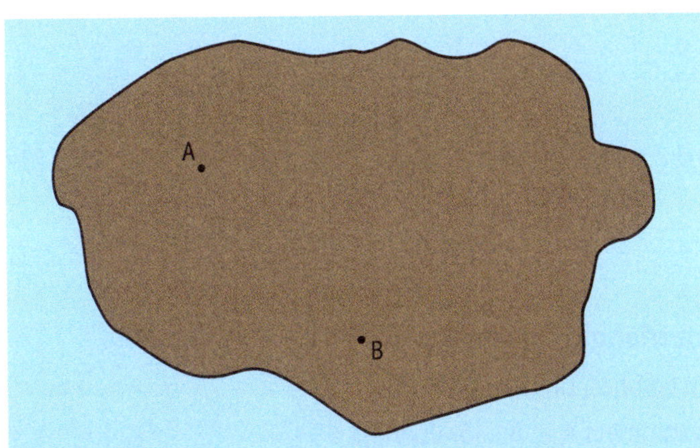

CORRIGÉS P. 14

Connaître les triangles particuliers

Quels sont les triangles particuliers ?

Triangle isocèle
Triangle ABC **isocèle en A**

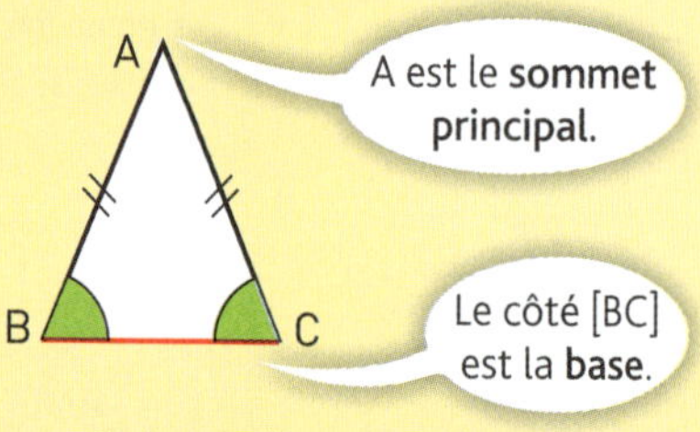

- Deux côtés ont la même longueur : ici, AB = AC.
- Les deux angles « à la base » ont même mesure : ici, $\widehat{ABC} = \widehat{ACB}$.

Triangle équilatéral

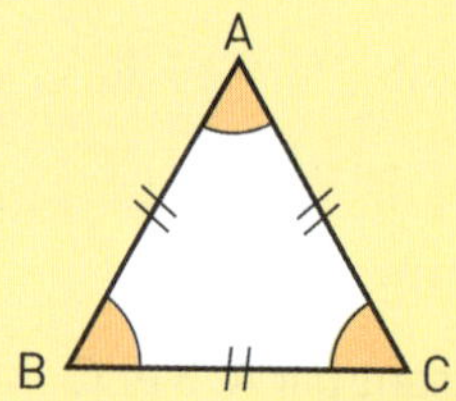

- Les trois côtés ont la même longueur.
- Les trois angles ont la même mesure : 60°.

Triangle rectangle
Triangle ABC **rectangle en A** :
l'angle $\widehat{BAC}$ est droit.

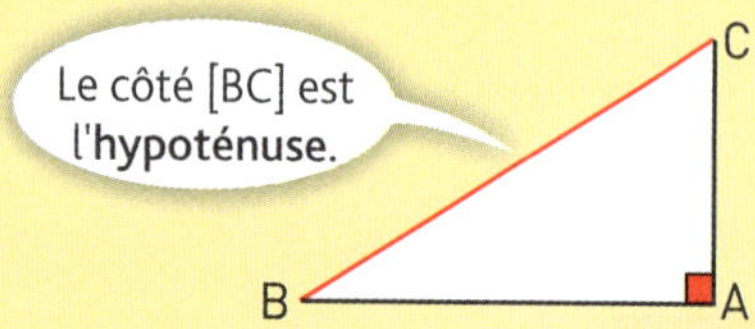

Triangle rectangle isocèle

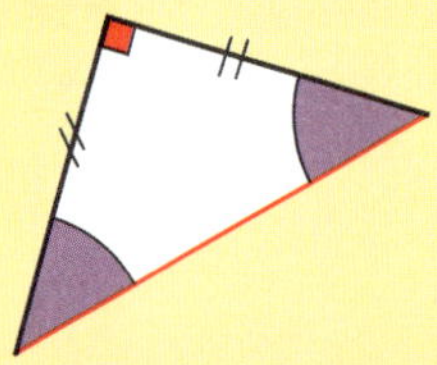

- Triangle à la fois rectangle et isocèle.
- Les angles aigus mesurent 45°.

ATTENTION !
Avant de faire ces exercices, tu peux revoir la mesure des angles au chapitre 28.

1 Triangles rectangles

Cite les six triangles rectangles tracés sur cette figure.

....

....

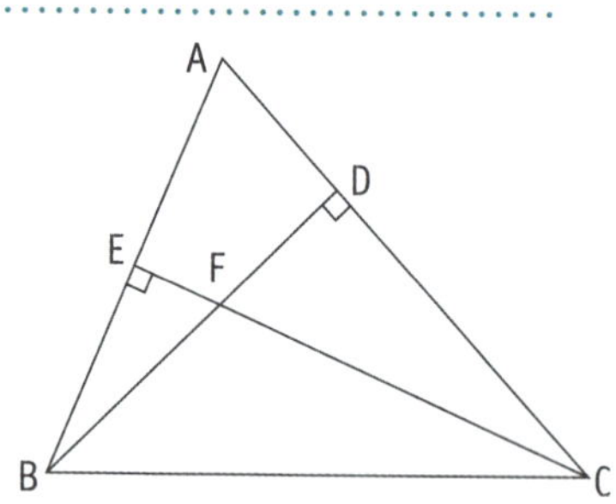

2 Triangles isocèles

Cite les huit triangles isocèles de cette figure.

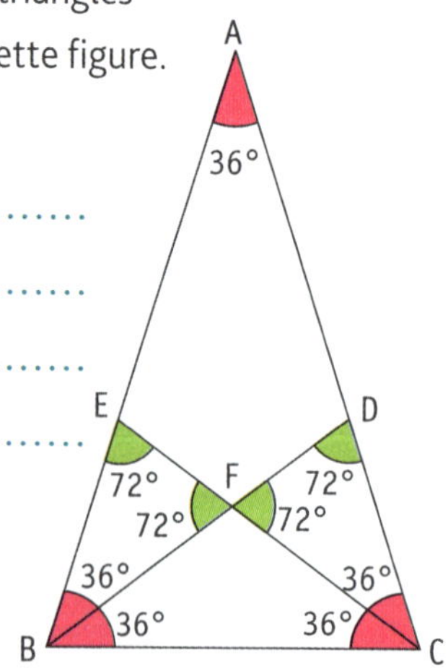

....

....

....

....

INFO
Exercice 2 : un triangle ayant deux angles de même mesure est isocèle.

3 Construction d'un triangle équilatéral

Construis, à l'aide du compas, un triangle ABC équilatéral (les sommets A et B sont donnés).

A •

B •

4 Construction de triangles isocèles

En t'inspirant des petits modèles en marge, construis un triangle…

a. …PIF isocèle en I, tel que PF = 6 cm et PI = 5 cm.

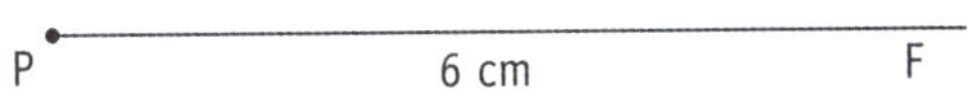

b. …ZEN isocèle en Z, tel que EN = 4 cm et $\widehat{NEZ} = 65°$.

c. Quel est le périmètre de PIF ? ……………………………………………………………………

COUP DE POUCE

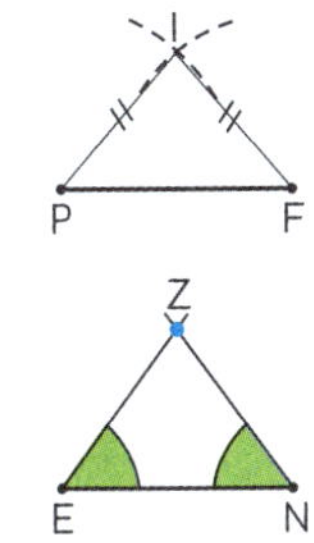

5 Construction de triangles rectangles

En t'inspirant des petits modèles en marge, construis un triangle…

a. …EAU rectangle en A, tel que AU = 4,2 cm et AE = 3,5 cm.

b. …VIN rectangle en I, tel que VI = 5 cm et VN = 6 cm.

COUP DE POUCE

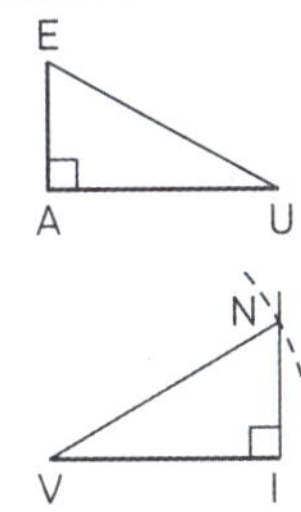

c. …KIR rectangle en I, tel que KI = 4 cm et $\widehat{IKR} = 30°$.

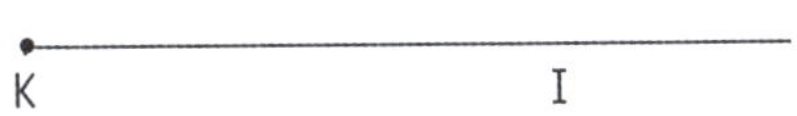

d. …LIE rectangle en I, tel que LE = 5,5 cm et $\widehat{ILE} = 35°$.

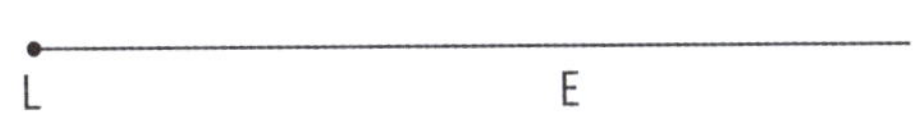

COUP DE POUCE

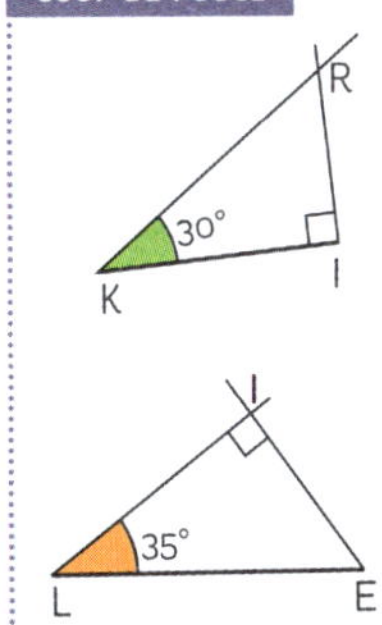

CORRIGÉS P. 15

17 Connaître les quadrilatères particuliers

Quels sont les quadrilatères particuliers ?

Rectangle

Un rectangle est un quadrilatère ayant 4 angles droits.

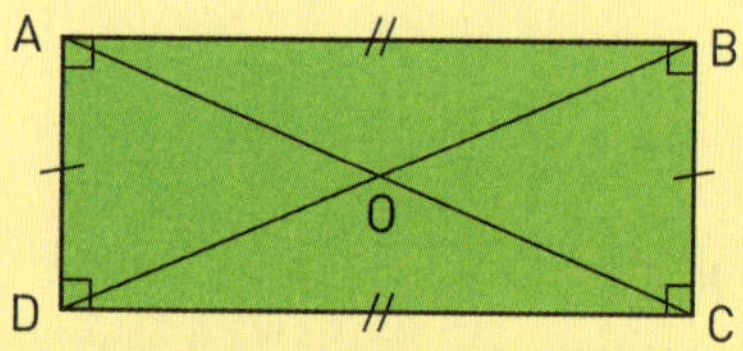

- Côtés opposés parallèles et de même longueur.
- Diagonales de même longueur et se coupant en leur milieu.

Carré

Un carré est un quadrilatère qui est à la fois un rectangle et un losange.

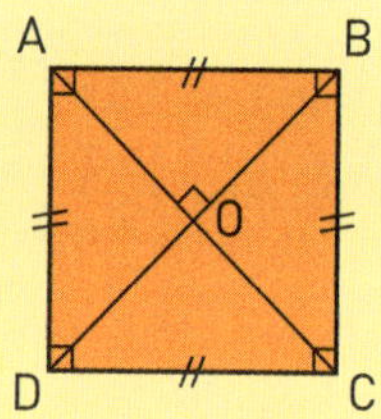

Le carré a toutes les propriétés du rectangle et du losange.

Losange

Un losange est un quadrilatère ayant tous ses côtés de même longueur.

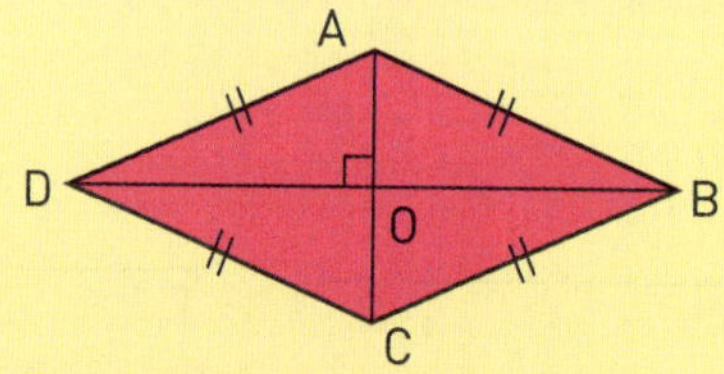

- Côtés opposés parallèles.
- Diagonales perpendiculaires et se coupant en leur milieu.
- Angles opposés de même mesure.

Parallélogramme

Un parallélogramme est un quadrilatère ayant ses côtés opposés parallèles.

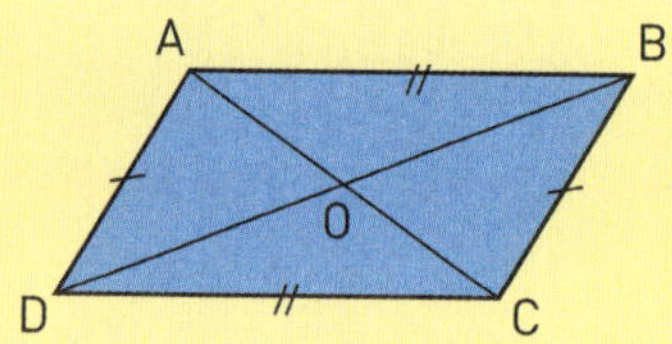

- Côtés opposés parallèles et de même longueur.
- Diagonales se coupant en leur milieu.

1 Carré (1)

Construis un carré ROND tel que O soit sur *d* et D sur *d'*.

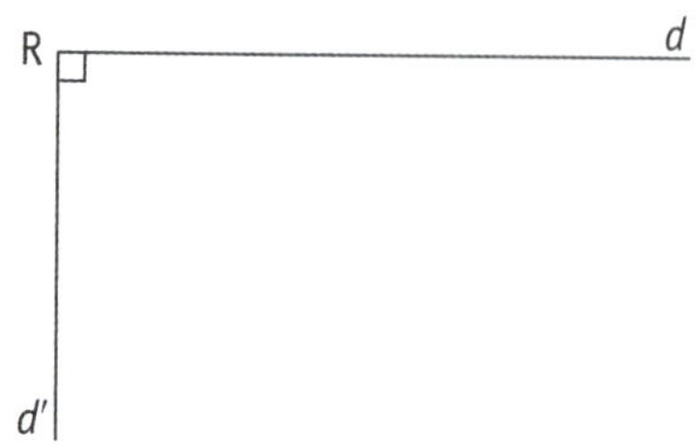

2 Carré (2)

Complète le carré SNCF dont on a dessiné la diagonale [SC].

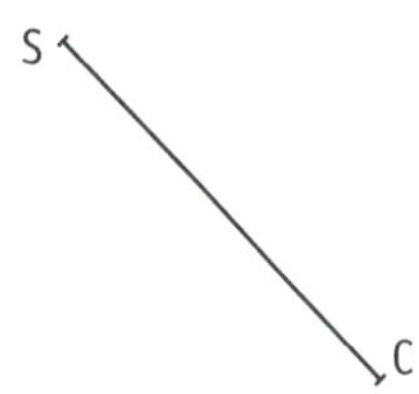

COUP DE POUCE
Exercice 2 : que sais-tu des diagonales d'un carré ?

3 Carré dans un cercle

a. Marque un point A sur un cercle de centre O.

b. Construis un carré ABCD ayant ses 4 sommets sur le cercle.

• O

4 D'un rectangle à un…

a. Construis un rectangle ABCD.

b. Détermine les milieux des quatre côtés. Forme un quadrilatère en joignant ces quatre milieux.

c. Quelle est la nature de ce dernier quadrilatère ?

....

COUP DE POUCE

Pour déterminer le milieu d'un segment sans mesurer, tu peux construire la médiatrice de ce segment.

5 Dans un carré

ABCD est un carré.

Cite les huit triangles rectangles isocèles de cette figure.

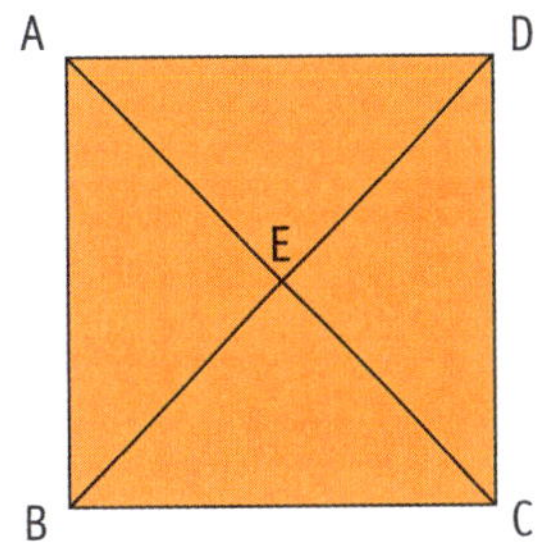

....

....

....

6 Parallélogramme

Construis le sommet D du parallélogramme ABCD.

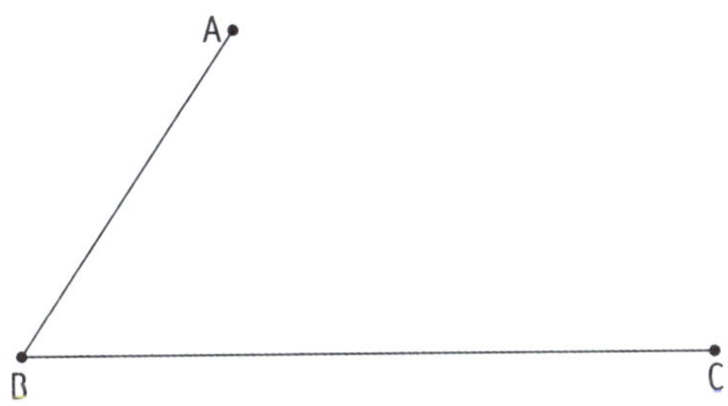

7 Partages

COUP DE POUCE

Tu peux utiliser les propriétés des diagonales. Les solutions ne sont pas toujours uniques.

a. Partage ce rectangle en 2 triangles rectangles.

b. Partage ce rectangle en 4 triangles isocèles.

c. Partage ce parallélogramme en un losange et un autre parallélogramme.

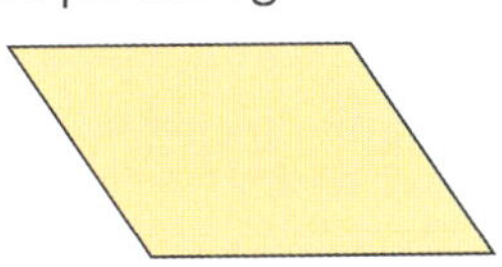

d. Partage ce losange en 2 triangles isocèles.

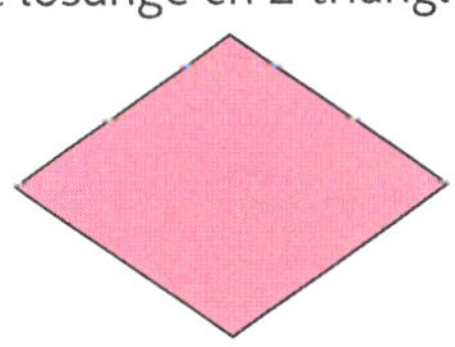

e. Partage ce losange en 4 triangles rectangles.

CORRIGÉS P. 17

18 ESPACE ET GÉOMÉTRIE
Construire des symétriques

Qu'appelle-t-on « points symétriques » par rapport à une droite ?

- A′ est le **symétrique** du point A par rapport à la droite *d*.
- A et A′ sont superposables par pliage autour de *d*.
- La droite *d* est la **médiatrice** du segment [AA′].
- Seuls les points de la droite *d* sont confondus avec leur symétrique.

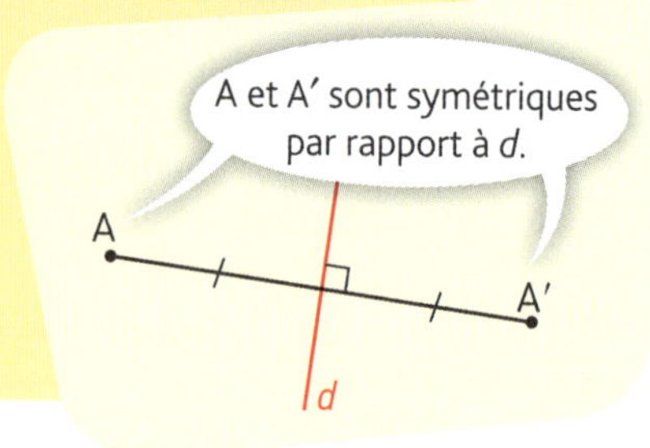

1 Ai-je bien compris ?

a. Place le symétrique P′ du point P par rapport à la droite *d*.

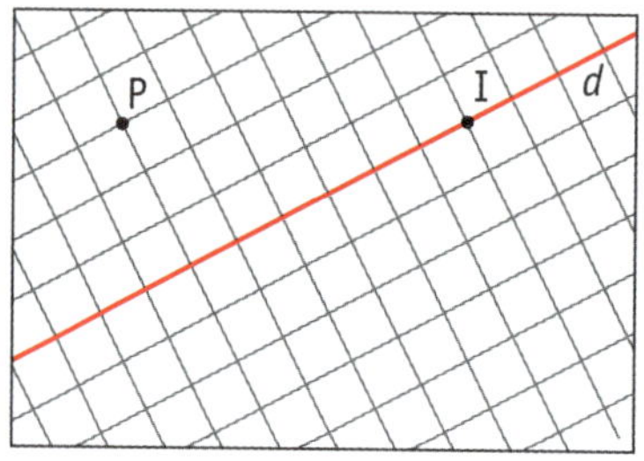

b. Complète les phrases suivantes.

- La droite *d* est la .... du segment [PP′].
- Le symétrique de I par rapport à *d* est ....
- Le point I est .... de P et de P′. Donc le triangle PP′I est ....

2 Sur un quadrillage

Marque les symétriques A′, B′, C′ et D′ des points A, B, C et D par rapport à la droite *d*.

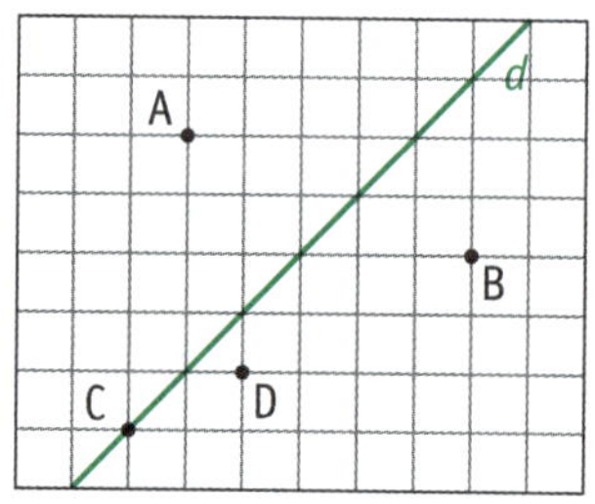

Qu'appelle-t-on « figures symétriques » par rapport à une droite ?

- $\mathcal{M}'$ est la **figure symétrique** de la figure $\mathcal{M}$ par rapport à la droite *d*.
- $\mathcal{M}$ et $\mathcal{M}'$ sont **superposables** par pliage autour de *d*.
- On dit aussi que *d* est l'**axe de symétrie** de la figure obtenue en réunissant $\mathcal{M}$ et $\mathcal{M}'$.

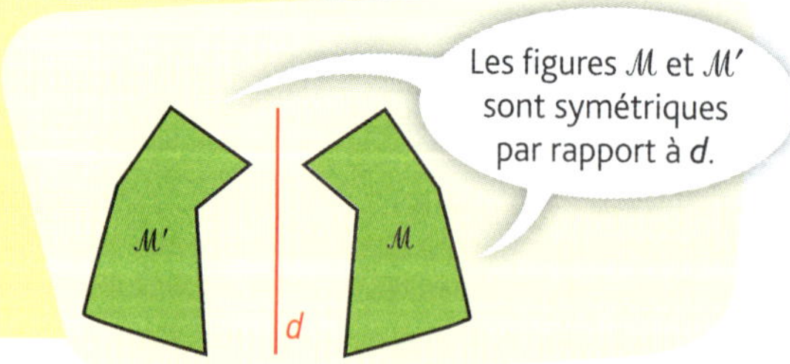

3 Figure sur quadrillage (1)

Complète la figure colorée pour que *d* soit son axe de symétrie.

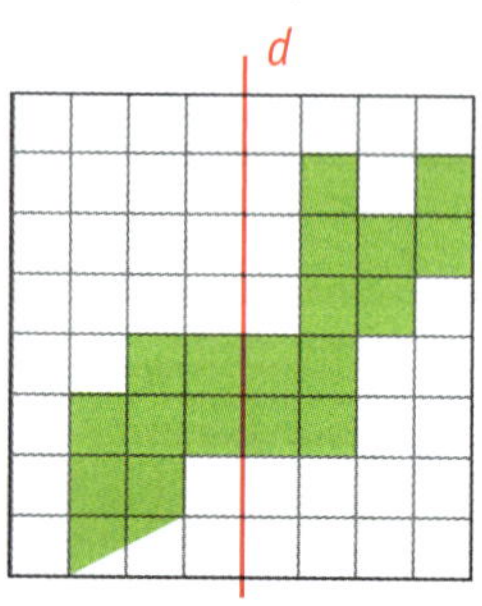

4 Figure sur quadrillage (2)

Complète la figure colorée pour que d_1 et d_2 soient ses axes de symétrie.

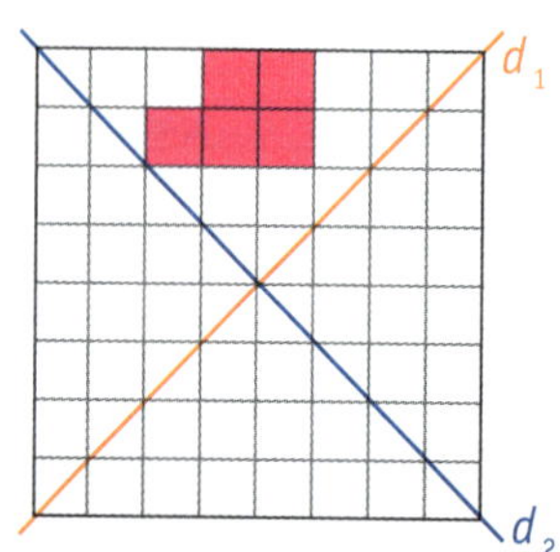

ATTENTION !

Exercices 3 et 4 : tu dois colorier le moins de cases possible.

Comment construire le symétrique d'un point M par rapport à une droite *d* ?

1re étape

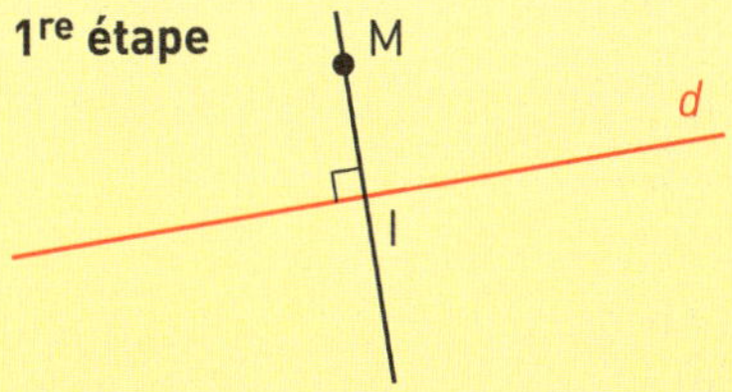

On trace (avec l'équerre) la perpendiculaire à *d* passant par M. Elle coupe *d* en I.

2e étape

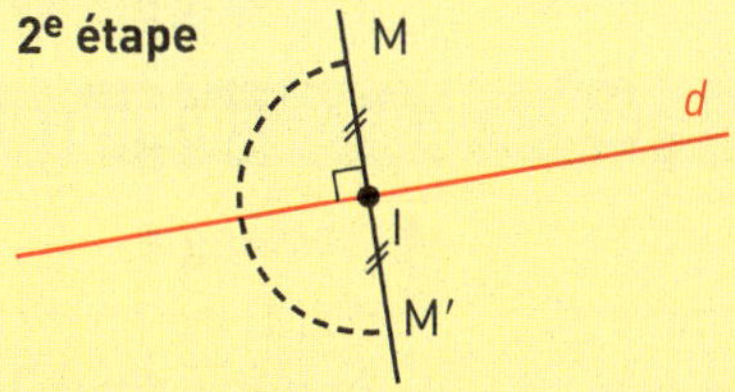

Sur cette perpendiculaire, on marque (avec le compas piqué en I) le point M′ tel que : IM′ = IM.

5 Triangle isocèle

Construis le triangle isocèle FOC sachant que (Ox) est son axe de symétrie.

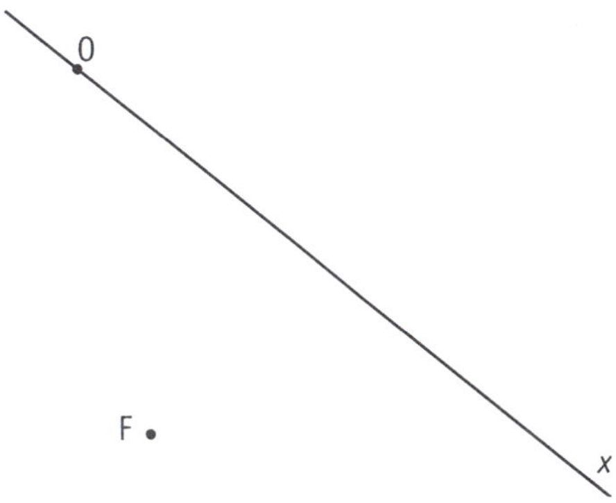

6 Triangle équilatéral

a. Construis un triangle équilatéral SPI sachant que *d* est l'un de ses axes de symétrie et que P est sur *d*.

b. Construis ses deux autres axes de symétrie.

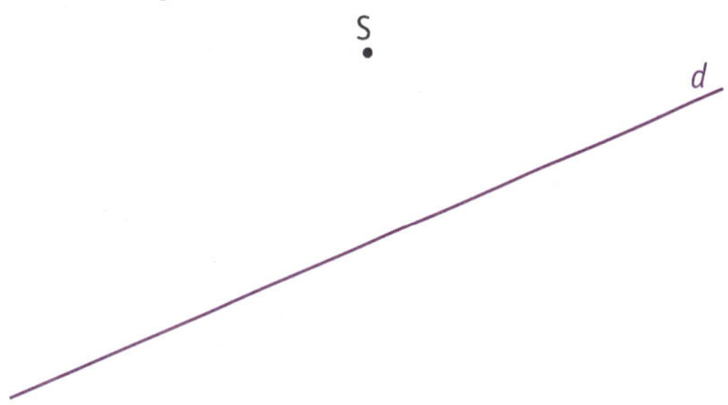

COUP DE POUCE

Exercice 6 : il y a deux triangles possibles.

7 Rectangle

a. Construis le rectangle SURF sachant que *d* est l'un de ses axes de symétrie.

b. Construis son second axe de symétrie *d′*.

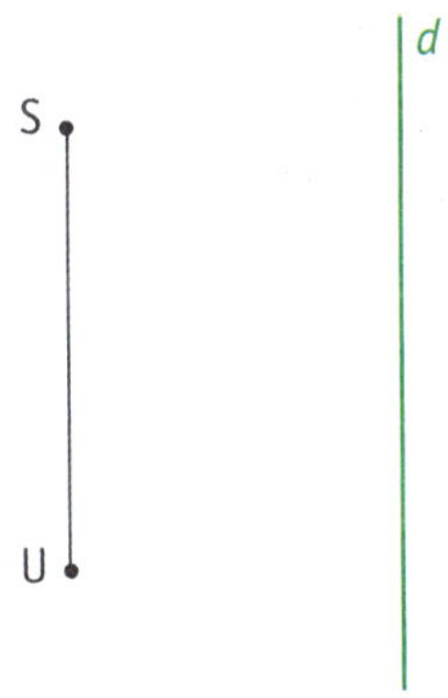

8 Losange

a. Construis le losange PING sachant que *d* est l'un de ses axes de symétrie.

b. Trace son second axe de symétrie *d′*.

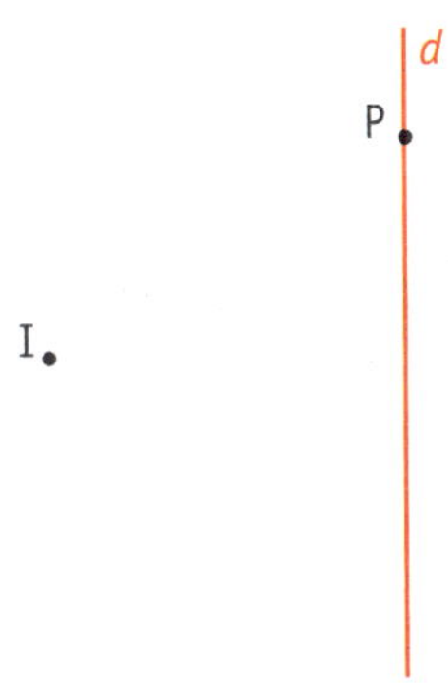

CORRIGÉS P. 18

Reconnaître des axes de symétrie

Quels sont les axes de symétrie des figures courantes ?

Triangle isocèle

ABC est un triangle isocèle de sommet A.

Comme AB = AC, la **médiatrice** d de [BC] passe par A.

La droite d est l'axe de symétrie du triangle ABC.

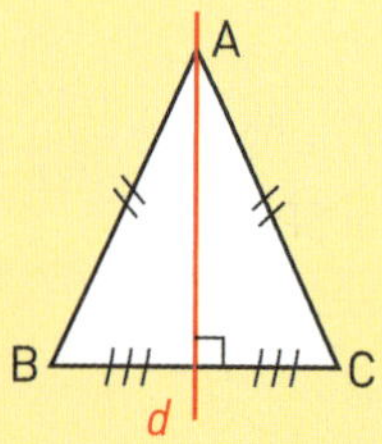

Losange

ABCD est un losange.

Les **diagonales** d_1 et d_2 d'un losange sont les axes de symétrie de ce losange.

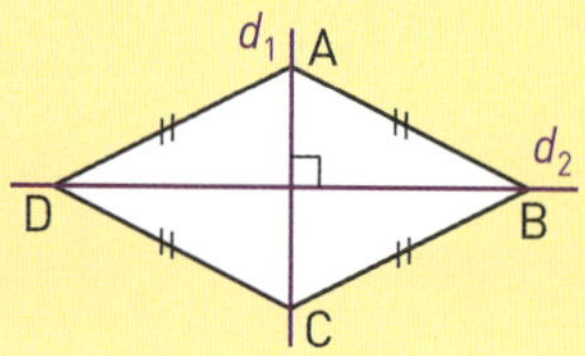

Rectangle

ABCD est un rectangle. Les **médiatrices** d_1 et d_2 des côtés d'un rectangle sont les axes de symétrie de ce rectangle.

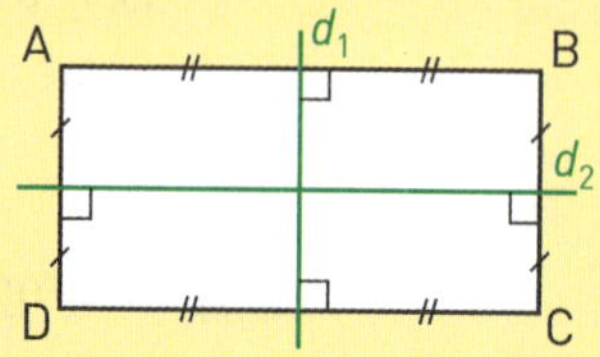

Carré

ABCD est un carré.
Étant à la fois un losange et un rectangle, un carré possède **4 axes de symétrie** : ses deux diagonales d_1 et d_2 et les deux médiatrices d_3 et d_4 de ses côtés.

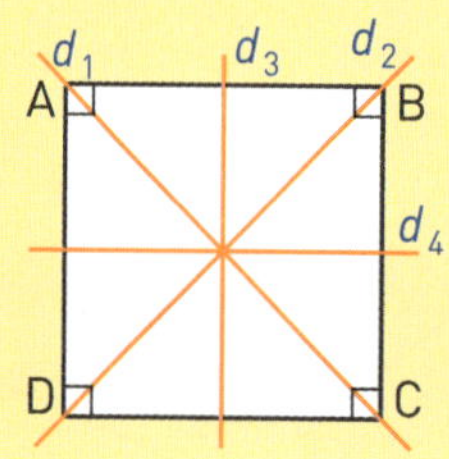

1 Tracer les axes de symétrie des faces d'un dé

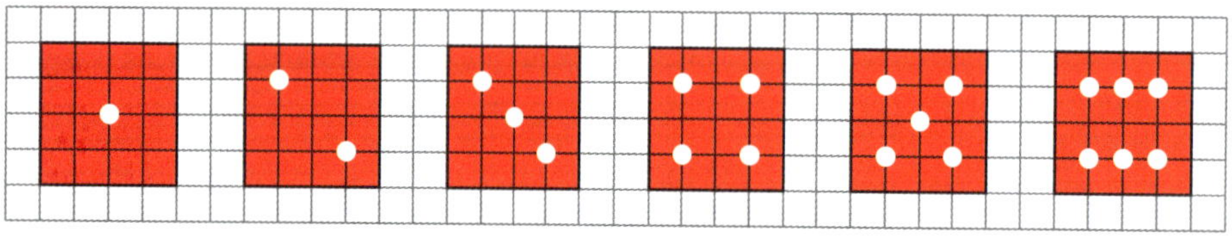

COUP DE POUCE
Il y en a deux ou quatre.

2 Avec deux points d'un demi-cercle

Choisis deux points A et B sur le demi-cercle.

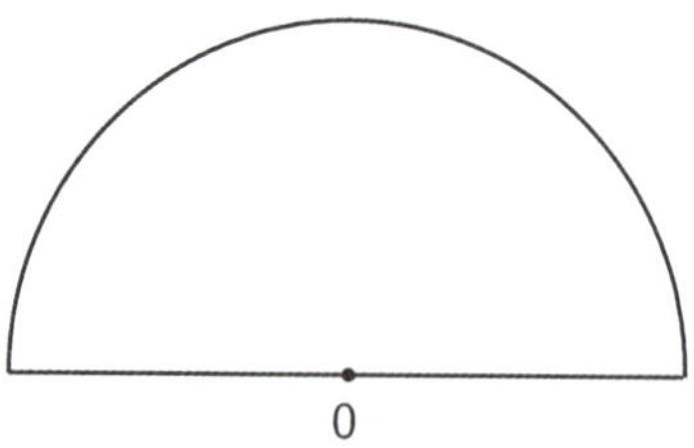

Le triangle AOB a-t-il un axe de symétrie ?

Pourquoi ? ....

....

Si oui, trace cet axe.

3 Triangle équilatéral

Construis un triangle équilatéral ABC, ainsi que ses axes de symétrie.

COUP DE POUCE
Exercice 3 :
un triangle équilatéral est isocèle en tous ses sommets.

4 Les cerfs-volants

On appelle *cerf-volant* un quadrilatère qui a pour axe de symétrie l'une de ses diagonales.

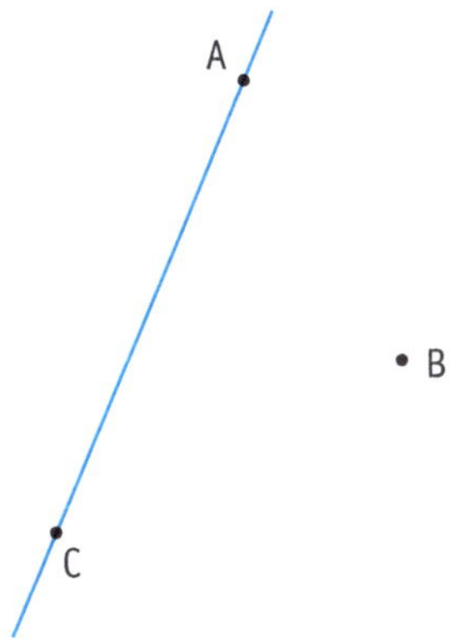

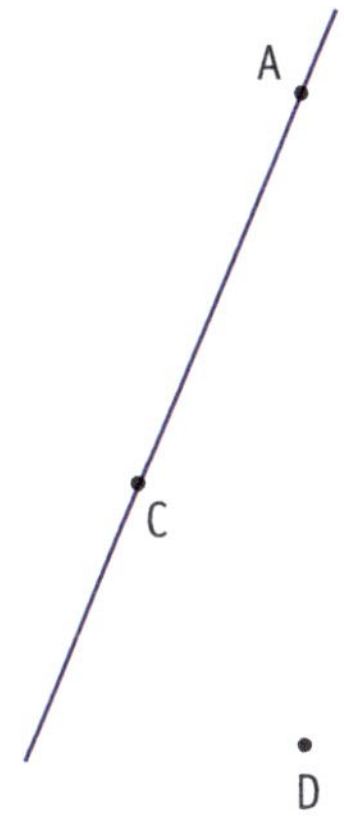

a. Construis les deux cerfs-volants ABCD ayant pour axe de symétrie la diagonale (AC).

b. Les losanges sont-ils des cerfs-volants ? et les carrés ? ....

....

5 Le quadrilatère mystérieux

« Je suis un quadrilatère.
J'ai un seul axe de symétrie.
Cet axe n'est pas une diagonale.
Dessine-moi. »

6 Les panneaux du code de la route

Pour chaque panneau, trace l'axe (ou les axes) de symétrie, lorsqu'il y en a.

INFO
Certains panneaux ont jusqu'à quatre axes de symétrie.

CORRIGÉS P. 19

Connaître les parallélépipèdes rectangles

Qu'est-ce qu'un parallélépipède rectangle ?

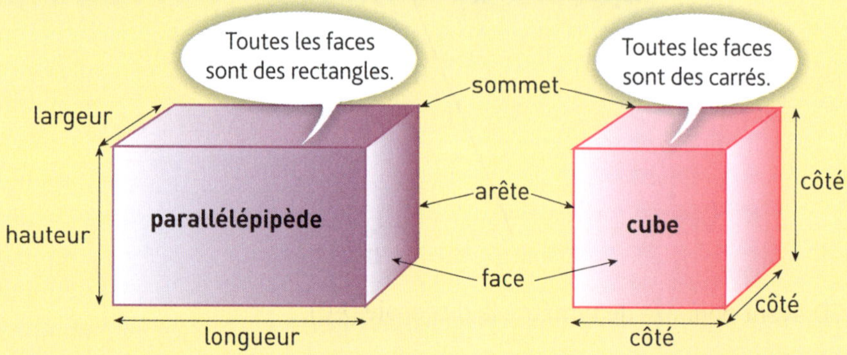

1 Combien ?

Dans un parallélépipède, il y a .... faces, ... arêtes et .... sommets.

ATTENTION !
Ne te limite pas à ce qui apparaît sur un dessin. Pense aux faces cachées...

2 Longueur des arêtes

a. Un cube a 10 cm d'arête.
Calcule la longueur totale de toutes ses arêtes.

....

b. Un parallélépipède a pour dimensions : 15 cm ; 12 cm ; 8 cm.
Calcule la longueur totale de toutes ses arêtes.

....

COUP DE POUCE
b. N'hésite pas à manipuler un cube ou un parallélépipède. C'est parfois une aide très utile.

3 Le paquet cadeau

Quelle longueur de ruban faut-il pour ficeler ce paquet (voir figure) sachant qu'on emploie 40 cm pour le nœud ?

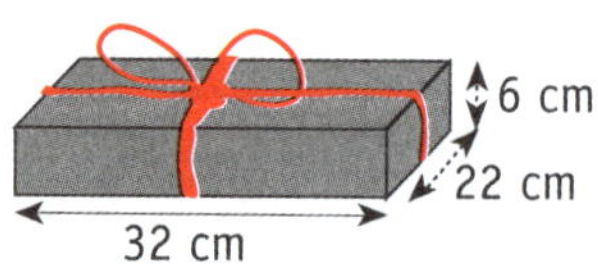

....

....

4 Perspective

Complète ces dessins représentant deux pavés droits en perspective.

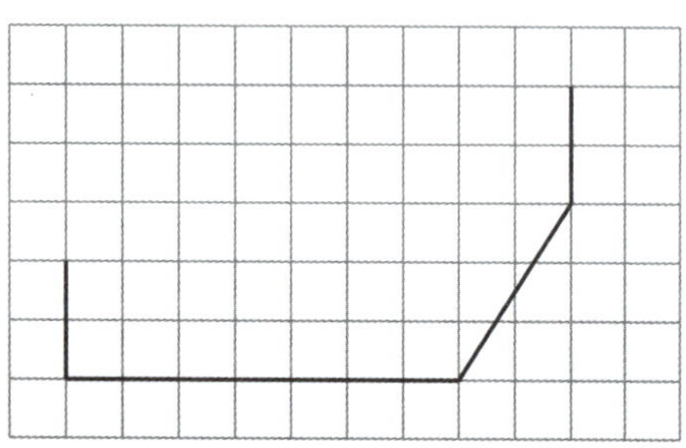

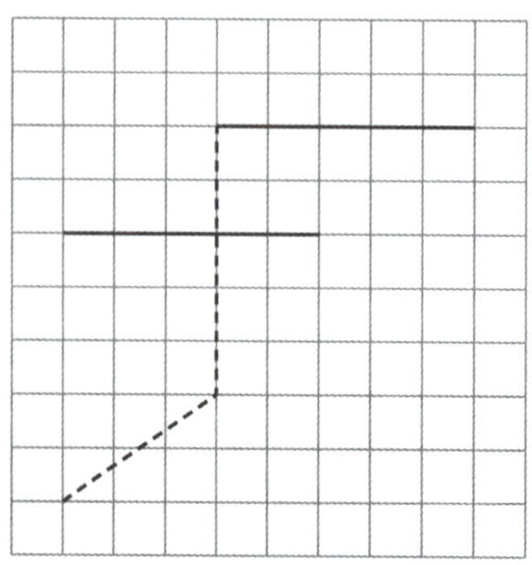

COUP DE POUCE
Les arêtes cachées sont en pointillés.

Comment construire un parallélépipède à partir d'un patron ?

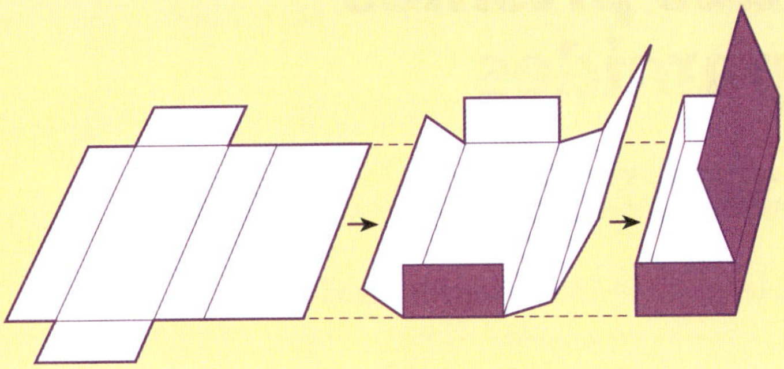

5 Un patron à compléter

Voici un patron incomplet d'un parallélépipède.
Ajoute les faces manquantes sans dépasser le quadrillage.

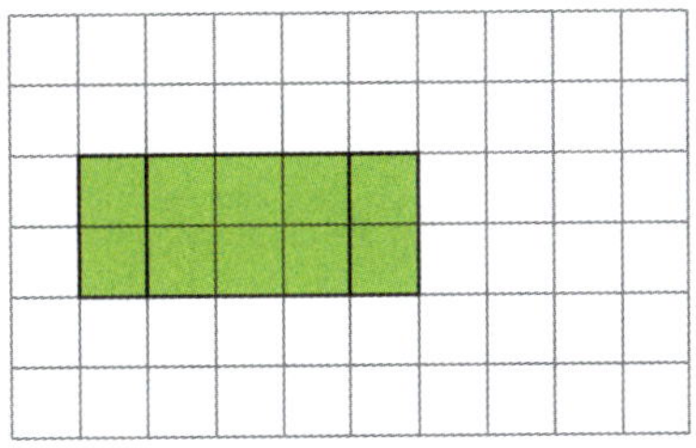

COUP DE POUCE
Il y a quatre manières de le faire. Essaie de les trouver sur un brouillon.

6 Patron, pas patron ?

Parmi les dessins suivants, indique ceux qui sont des patrons de cubes.

....

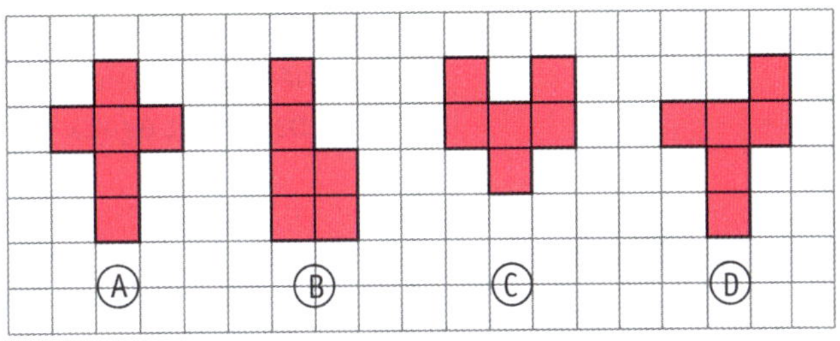

7 De quoi se sucrer !

Des morceaux de sucre ont la forme de petits parallélépipèdes ayant 3 cm de long, 2 cm de large et 1 cm de haut. On les range dans une boîte dont les dimensions intérieures sont 18 cm, 12 cm et 7 cm (voir dessin).

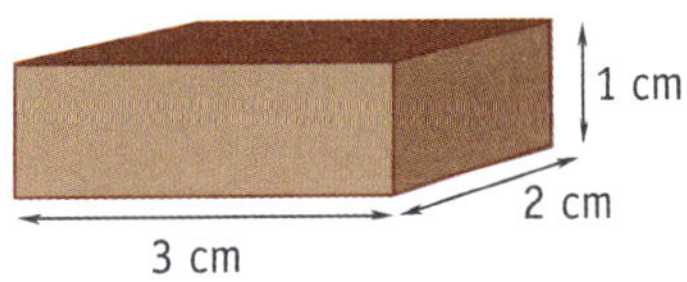

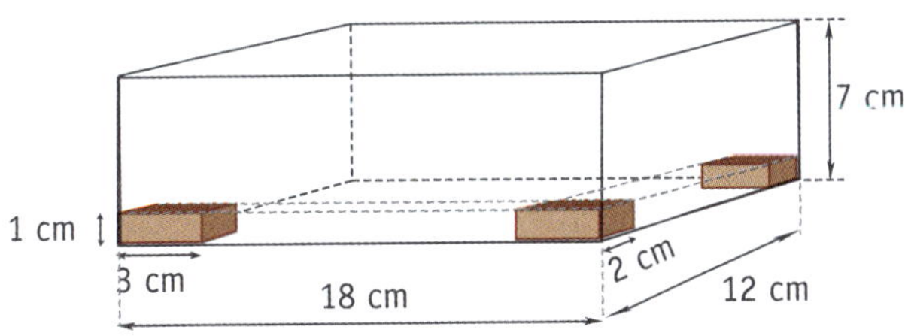

a. Combien de morceaux peut-on aligner « en longueur » ? ....

b. Combien de morceaux peut-on aligner « en largeur » ? ....

c. Combien de morceaux peut-on aligner « en hauteur » ? ....

d. Combien de morceaux de sucre peut-on ranger dans la boîte ? ....

....

e. Pourrait-on en mettre davantage en rangeant les morceaux autrement ?

....

COUP DE POUCE
d. Combien de morceaux dans une couche ?

CORRIGÉS P. 20

21 Explorer des prismes et des pyramides

Comment reconnaître un prisme droit et une pyramide régulière ?

En voici deux exemples.

- **Un prisme droit à base pentagonale (5 côtés)**
- **Une pyramide régulière à base carrée**

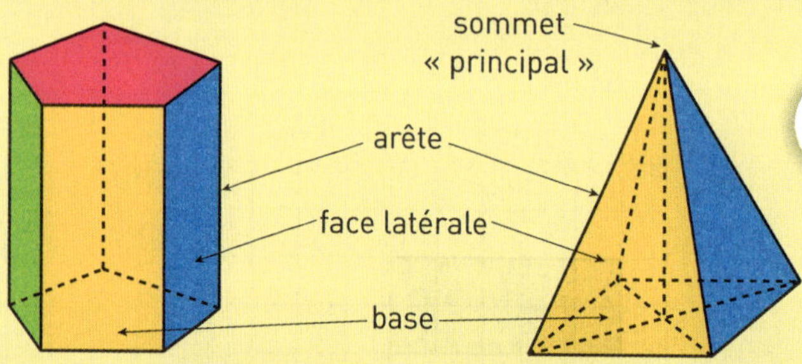

Il a deux bases opposées et superposables.

On dit que le prisme est **droit** lorsque les faces latérales sont des rectangles.

Remarque : les pavés droits sont des prismes à base rectangulaire.

Elle a une seule base et un sommet « principal ».

On dit que la pyramide est **régulière** lorsque les faces latérales sont des triangles isocèles et que les côtés de la base sont égaux.

★ 1 Sommets, faces et arêtes de prismes

a. Examine le prisme à base pentagonale ci-dessus.

Il a .... sommets, ... faces et .... arêtes.

b. Imagine un prisme droit à base triangulaire.

Il a .... sommets, ... faces et .... arêtes.

c. Si un prisme a 12 sommets, que peut-on dire de sa base ? ....

d. Si un prisme a 10 faces, que peut-on dire de sa base ? ....

e. Si un prisme a 30 arêtes, que peut-on dire de sa base ? ....

COUP DE POUCE

Aux questions **a.** et **b.** des exercices 1 et 2, tu réponds par des nombres.

★ 2 Sommets, faces et arêtes de pyramides

a. Examine la pyramide à base carrée ci-dessus.

Elle a .... sommets, ... faces et .... arêtes.

b. Imagine une pyramide à base pentagonale.

Elle a .... sommets, ... faces et .... arêtes.

c. Si une pyramide a 4 faces, que peut-on dire de sa base ?

....

d. Si une pyramide a 7 sommets, que peut-on dire de sa base ?

....

e. Si une pyramide a 24 arêtes, que peut-on dire de sa base ?

....

Comment réaliser un patron de prisme ou de pyramide ?

Prisme droit à base triangulaire

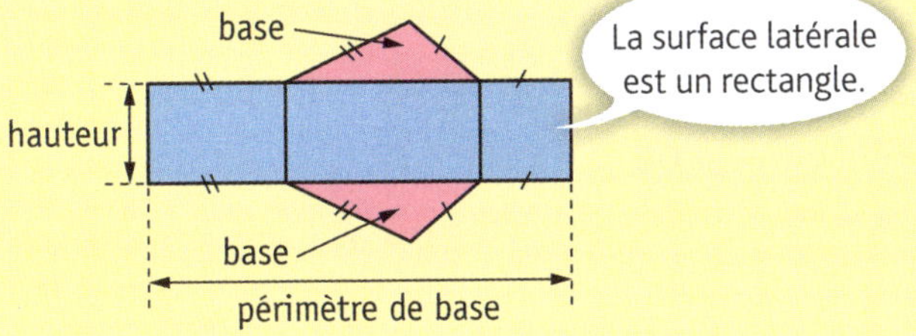

Construction :

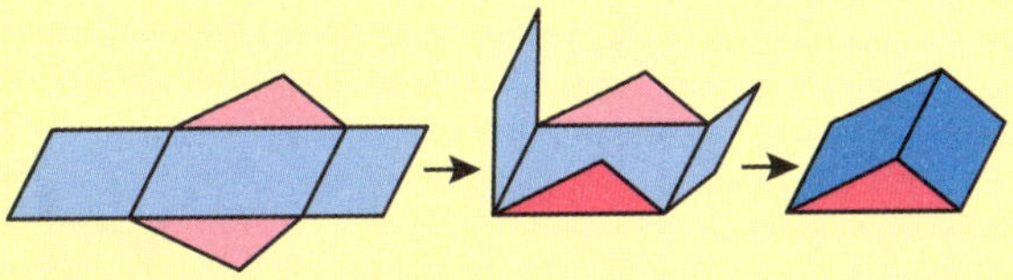

Pyramide régulière à base carrée

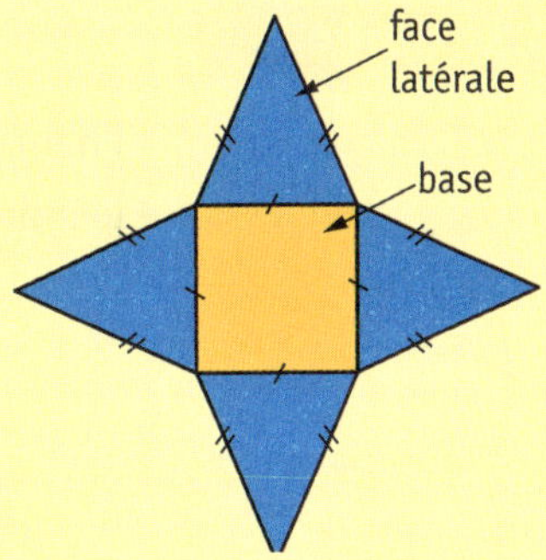

Construction :

On replie les quatre triangles isocèles pour que les quatre sommets se rejoignent.

3 Un patron qui dit tout

Voici un patron de prisme droit.

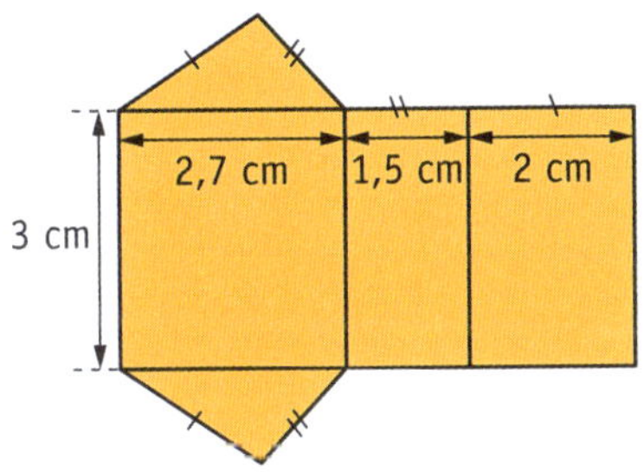

a. Calcule le périmètre de la base de ce prisme.

....

b. Calcule son aire latérale.

....

4 Pyramides cachées

HAUTFOND est un cube de centre K.

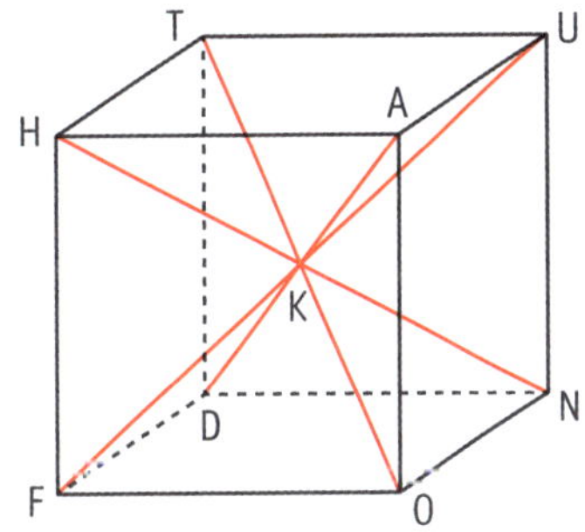

Cite les six pyramides régulières à base carrée tracées sur ce dessin.

....

....

COUP DE POUCE

Exercice 4 : les six pyramides ont un sommet commun.

5 Les faces effacées

Ce patron de prisme a perdu plusieurs faces.

a. Combien la base a-t-elle de côtés ? ....

b. Dessine les faces manquantes de façon qu'elles aient chacune un côté commun avec le rectangle ABCD.

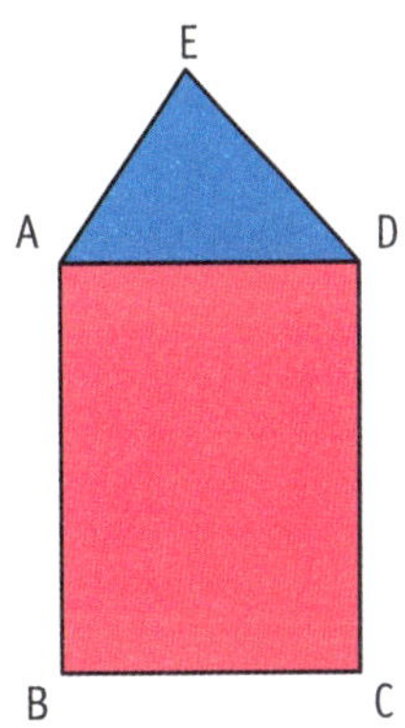

CORRIGÉS P. 22

Calculer des durées

Quelles sont les unités de durée ?

- la **seconde** : s
- la **minute** : 1 min = 60 s
- l'**heure** : 1 h = 60 min = 3600 s
- le **jour** : 1 j = 24 h

1 Combien de secondes ?

Convertis en secondes. *Exemple :* 3 min 5 s : (3 × 60) + 5 = 185 s.

a. 4 min 20 s : ....

b. 30 min : ....

c. 1 h 40 min : ....

d. 2 h 59 s : ....

2 Vrai ou faux ?

a. Il y a plus de 10 000 secondes dans 3 heures. ....

b. Il y a plus de 1 000 000 secondes dans deux semaines. ....

COUP DE POUCE
Fais les calculs au brouillon.

Comment additionner ou soustraire deux durées ?

Additionner

Exemple :

```
   3 h  30 min  15 s
 + 1 h  40 min  12 s
 -------------------
   4 h  70 min  27 s  = 5 h  10 min  27 s
```

On a transformé 60 min en 1 h.

Soustraire

On veut calculer (3h 30 min 15 s) – (1 h 40 min 12 s).

- **Première méthode** : on raisonne sur un **axe chronologique**.

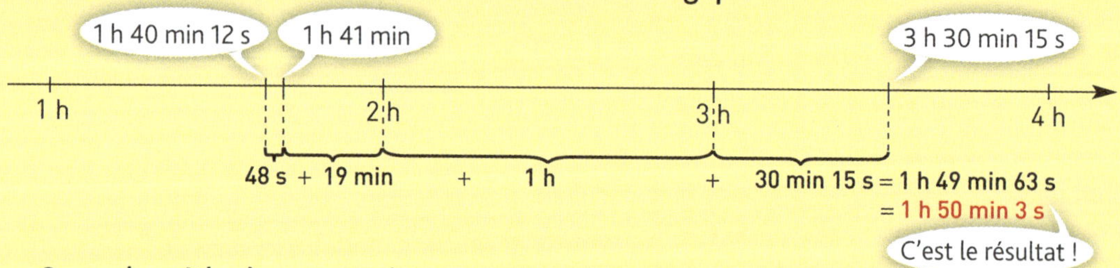

- **Seconde méthode** : on pose la soustraction.

```
   3 h  30 min  15 s
 – 1 h  40 min  12 s
 -------------------
          ?
```

Problème car 40 > 30

```
   2 h  90 min  15 s
 – 1 h  40 min  12 s
 -------------------
   1 h  50 min   3 s
```

On remplace 3 h 30 min par 2 h 90 min. Maintenant, on peut soustraire.

3 Additions

a.

```
   7 h 18 min 30 s
 + 2 h 30 min 19 s
 -----------------
 .................
```

b.

```
   3 h 12 min 50 s
 + 1 h 13 min 35 s
 -----------------
 .................
 = ...............
```

c.

```
   1 h 55 min 30 s
 + 4 h 12 min 17 s
 -----------------
 .................
 = ...............
```

4 Soustractions

a.

    3 h 41 min 19 s
  – 2 h 20 min 4 s
  = ...

b.

    2 h 8 min 25 s
  – 1 h 18 min 5 s
  = ...

→

  ....
  – ....
  = ...

COUP DE POUCE
b. Tu ne peux pas calculer 8 min – 18 min. Alors transforme 2 h 8 min en...

c. Vérifie la soustraction **b.** à l'aide d'un axe chronologique.

1 h .... 2 h .... 3 h

.... + ... + ... = ...

5 Le banquet

COUP DE POUCE
Opération posée ou axe chronologique ? À toi de choisir !

a. À 10 h 44 min, Tata Leptipla programmait son four pour 1 h 35 min de cuisson. À quelle heure le four s'est-il arrêté ?

....

....

b. À 11 h 17 min, Tonton Marmiton avait chaud car il avait surveillé son cochon de lait à la broche pendant 2 h 28 min. À quelle heure avait-il commencé ?

....

....

c. À la fin de la journée, Marcel a fait la vaisselle entre 23 h 12 min 27 s et 1 h 28 min 17 s du matin. Pendant combien de temps a-t-il travaillé ?

....

....

Comment exprimer une durée en heures, minutes et secondes ?

- Combien y a-t-il d'heures, minutes et secondes dans 17 000 s ?

On a effectué 2 divisions euclidiennes.

17000 | 60
500 | 283
200
20

Il y a 283 min.
Il reste 20 s.

283 | 60
43 | 4

Il reste 43 min.
Il y a 4 h.

Donc 17 000 s = 4 h 43 min 20 s.

Vérification : 4 × 3 600 + 43 × 60 + 20 = 17 000.

6 Combien d'heures, minutes et secondes ?

COUP DE POUCE
Pose les divisions et ne néglige pas les restes.

a. Combien d'heures, minutes et secondes dans 5 000 s ? ....

b. Même question pour 2 100 s. ....

CORRIGÉS P. 22

23

GRANDEURS ET MESURES

Mesurer des longueurs et des masses

Quelles sont les unités de longueur et de masse ?

Unités de longueur

Elles servent à exprimer une distance, une longueur, une largeur, une hauteur, une épaisseur, une profondeur, une taille, un périmètre…
En France (et dans bien d'autres pays), on utilise le **mètre** et ses dérivés.
Le tableau suivant aide à effectuer des changements d'unités.

km	hm	dam	m	dm	cm	mm	
			1	0	0	0	← 1 m = 10 dm = 100 cm = 1 000 mm
4	8	0	7				← 4 807 m = 4,807 km
			0	0	5	0	← 5 cm = 0,05 m = 50 mm

Unités de masse

Elles servent à exprimer le résultat d'une pesée.
En France, on utilise le **gramme** et ses dérivés.
Pour changer d'unité, le tableau suivant peut aider.

kg	hg	dag	g	dg	cg	mg	
1	0	0	0				← 1 kg = 1 000 g
0	9	3	0				← 930 g = 0,93 kg
		3	5	4	7		← 35,47 g = 3 547 cg

Pour les grandes masses, on utilise souvent la **tonne** (1 t = 1 000 kg) ou le **quintal** (1 q = 100 kg).

Un quintal, des quintaux.

1 Changement d'unités de longueur

a. 2 km = ... m   35 cm = ... m   3,5 hm = ... m
18 dm = ... m   50 dam = ... m   5 mm = ... m

b. 0,3 m = ... cm   35 mm = ... cm   10,5 m = ... cm
5 dm = ... cm   0,9 km = ... cm   1,5 mm = ... cm

COUP DE POUCE
Fais des tableaux si tu as des difficultés.

2 Changement d'unités de masse

a. 5 kg = ... g   3 hg = ... g   500 cg = ... g
50 mg = ... g   2,54 kg = ... g   5 dg = ... g

b. 3 000 g = ... kg   250 g = ... kg   20 dag = ... kg
70 hg = ... kg   7,3 t = ... kg   50 quintaux = ... kg

3 Pots de yaourt

J'ai un paquet de 8 pots contenant chacun 125 g de yaourt. Combien de kg de yaourt y a-t-il dans ce paquet ? ....

....

4 La plus longue distance

Qui a parcouru la plus longue distance : une souris qui a fait 600 fois la longueur de sa cage (80 cm) ou un nageur qui a fait 16 longueurs de sa piscine (25 m) ?

....

....

5 La plus lourde charge

Qu'est-ce qui est le plus lourd : 350 paquets de 40 g ou 3 paquets de 5 kg ?

....

....

6 Tours de brouette

Jules doit déplacer un tas de gravier pesant une tonne avec une brouette pouvant contenir 35 kg de gravier. Combien de tours fera-t-il ?

....

....

7 Périmètre d'un triangle

Calcule, en mètres, le périmètre de ce triangle.

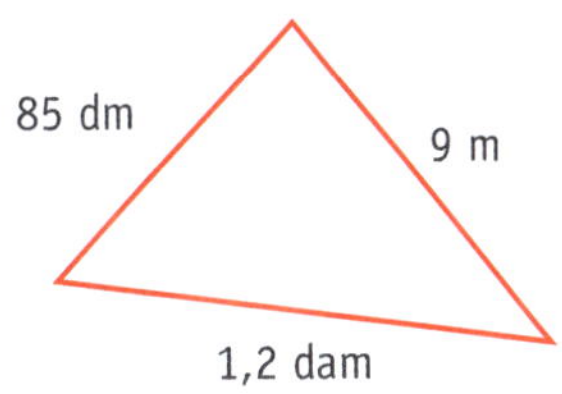

....

....

ATTENTION !
C'est malin de donner les longueurs avec des unités différentes !

8 Comparer deux périmètres (1)

Le rectangle ABCD est partagé en 2 parcelles par la ligne courbe AC.

Quelle est la parcelle qui a le plus grand périmètre ?

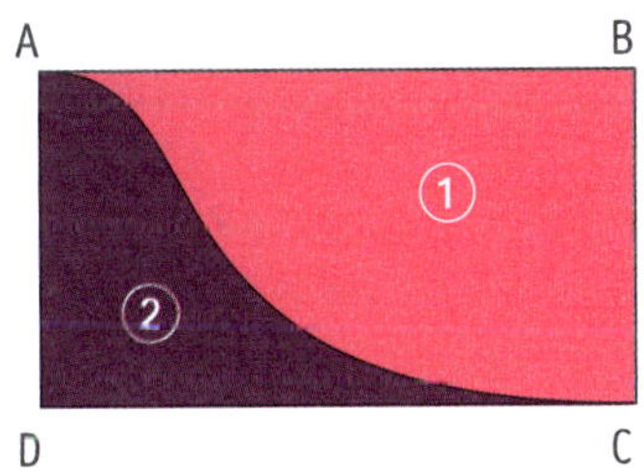

....

....

ATTENTION !
Il y a un piège !

9 Comparer deux périmètres (2)

Compare les périmètres de ces deux triangles en reportant leurs côtés sur une droite.

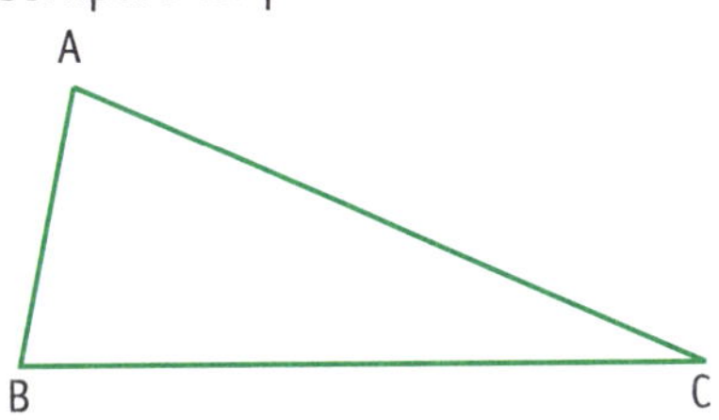

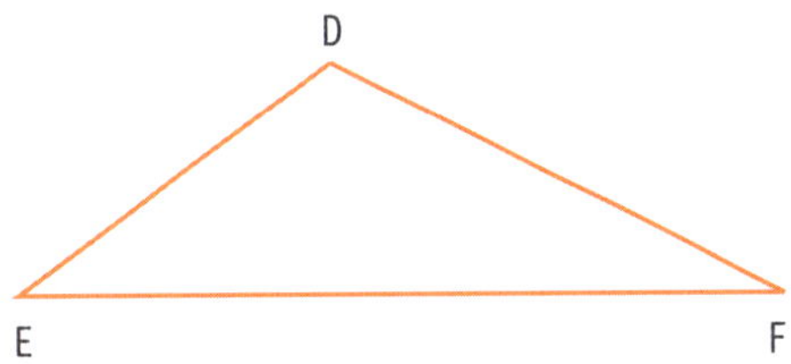

ABC ├────────────────────────────────

DEF ├────────────────────────────────

Conclusion : ....

COUP DE POUCE
Utilise le compas cela évite de mesurer.

CORRIGÉS P. 24

Calculer la longueur d'un cercle

Comment calculer la longueur d'un cercle ?

Formule

La **longueur** d'un cercle de rayon R est :

$2 \times \pi \times R$ ou bien $\pi \times 2 \times R$ ou bien encore $\pi \times$ diamètre

La lettre grecque π se prononce « pi ».

Le nombre π vaut approximativement 3,141 592 7.
Dans la pratique, on utilise souvent une valeur approchée à 0,01 près : 3,14.

Tu peux vérifier cette valeur approchée de π avec la touche (π) d'une calculatrice.

Exercice résolu

Énoncé : Calculer la longueur d'un cercle de 4 cm de rayon.

Solution : La longueur du cercle est $\pi \times 2 \times R$.

- **Première méthode**

En remplaçant R par 4 et π par 3,14 on obtient : $3{,}14 \times 2 \times 4 = 25{,}12$.

La longueur du cercle est donc 25,12 cm environ.

- **Seconde méthode** (*plus précise*)

Sur une calculatrice on tape (π)(×)(8)(=), et on obtient : 25,132 741.

La longueur du cercle est donc 25,13 cm environ.

COUP DE POUCE
Utilise la touche (π).

1 Calculs

Complète le tableau ci-contre avec des résultats calculés à 0,01 près.

	A	B	C	D
Rayon	3 cm			0,7 cm
Diamètre		5 cm		
Longueur du cercle			6 cm	

2 Au stade

Quelle est, à 1 cm près, la longueur de la piste ?

....

....

....

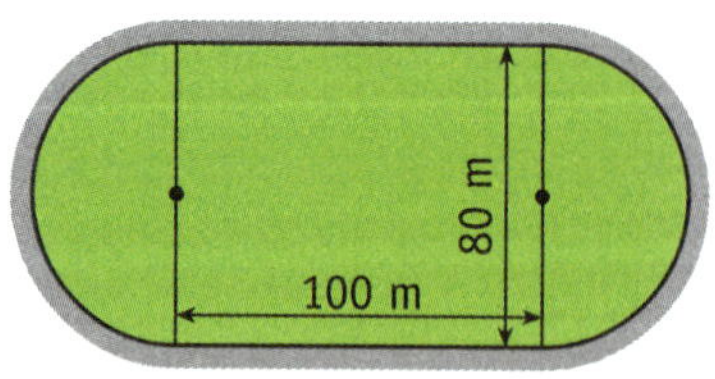

3 Cercle et carré

Sachant que le périmètre du carré mesure 17 cm, calcule à 1 mm près la longueur du cercle.

....

....

....

....

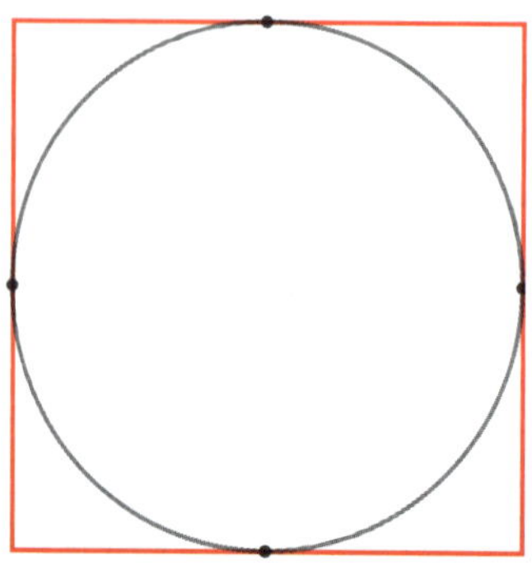

4 Comparaison

Laquelle de ces deux figures a le plus long périmètre ?

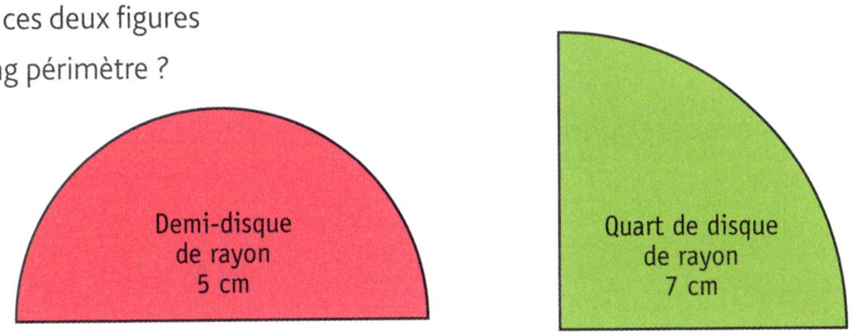

...

5 Le circuit

Tous les cercles ont 10 m de rayon.

Quelle est, à 1 cm près, la longueur du circuit en couleur ?

...

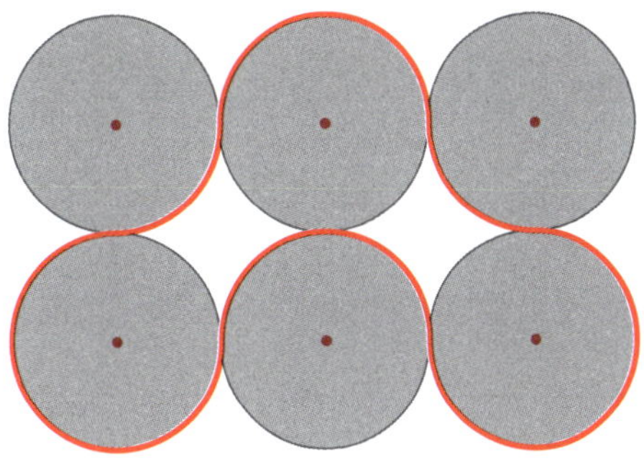

COUP DE POUCE

Il y a des demi-cercles, des quarts de cercle et des trois quarts de cercle.

6 Le trèfle à quatre feuilles

TREF est un carré de 3 cm de côté.

Combien mesure, à 1 mm près, le tour de ce trèfle à 4 feuilles ?

...

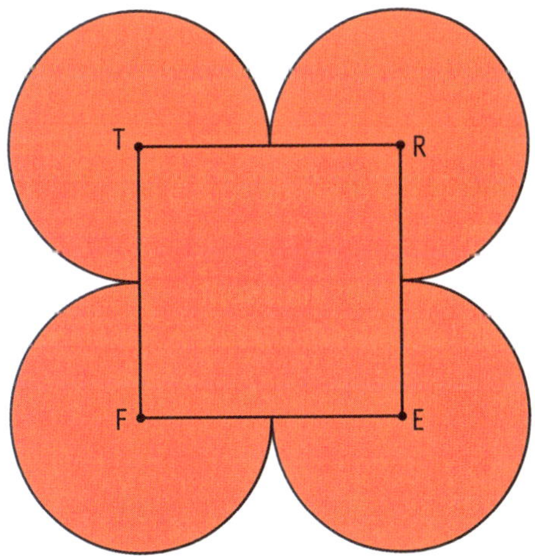

7 La fraction $\frac{22}{7}$

a. Donne une valeur décimale approchée de $\frac{22}{7}$ à 0,01 près.

...

b. Calcule la longueur d'un cercle de 28 cm de diamètre en remplaçant π par $\frac{22}{7}$.

...

INFO

On obtient parfois des calculs très simples en remplaçant π par $\frac{22}{7}$ (qui en est proche).

CORRIGÉS P. 25

Comparer et calculer des aires

Dans les exercices 1 et 2, on exprimera l'aire des figures en nombres de carreaux.

1 Aire d'une étoile

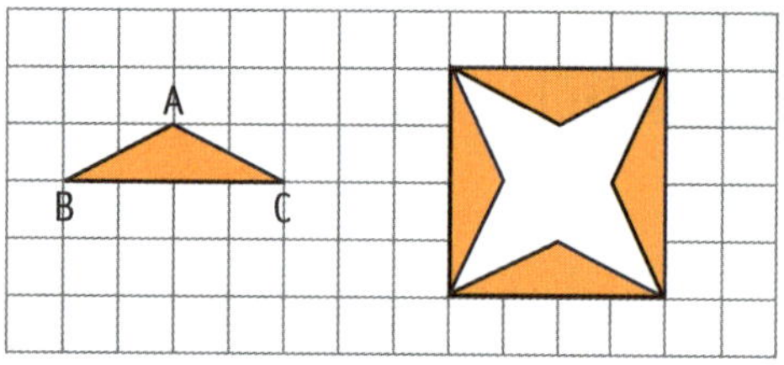

a. Quelle est l'aire du triangle ABC ?

b. Quelle est l'aire de l'étoile blanche ?

COUP DE POUCE

a. Tu peux former un rectangle avec les deux moitiés du triangle !

2 Comparaison d'aires

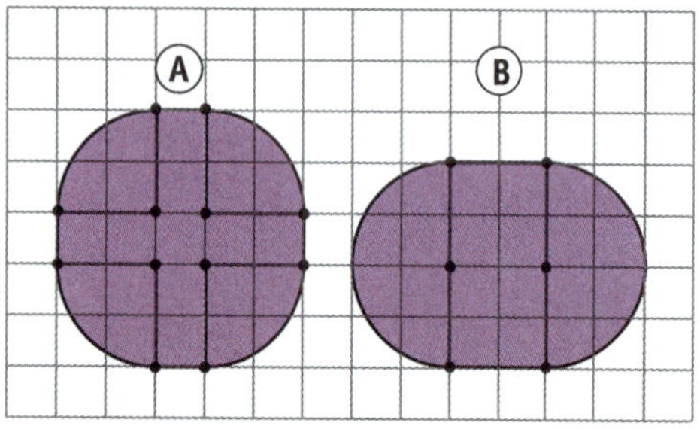

Quelle est la plus grande de ces deux aires ? Pourquoi ?

COUP DE POUCE

Compare morceaux par morceaux. Évite les grands calculs.

Quelles sont les unités d'aire les plus courantes ?

- Si les longueurs sont en cm, alors les aires sont en cm^2 (on lit « centimètre carré »).

Exemple : Les dimensions de ce rectangle sont 3 cm et 2 cm. Son aire est 6 cm^2.

- Si les longueurs sont en m, alors les aires sont en m^2, etc. (Voir le mémo *Les unités de mesure* à la fin du cahier.)

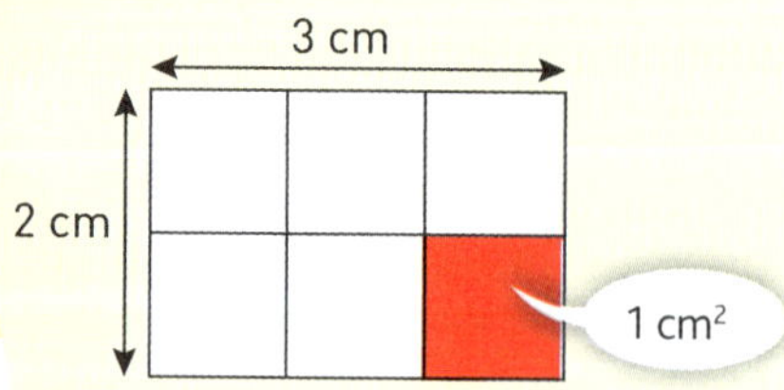

3 À la bonne aire !

Calcule mentalement les aires suivantes et précise l'unité.

a. Aire de jeu : une carte à jouer de 6 cm × 11 cm :

b. Aire de repos : un parking ombragé de 40 m × 30 m :

c. Aire liquide : un lac rectangulaire de 1,2 km × 2 km :

d. Aire comprimée : une pastille pour la gorge de 8 mm × 11 mm :

e. Aire champêtre : un champ de 4 hm × 1,5 hm :

f. Aire de rien : une poussière plate et carrée de 0,1 mm de côté :

g. Aire France : un drapeau de 4 dm × 9 dm :

INFO

e. En agriculture, on dit « hectare » au lieu de hm^2.

Quelles sont les formules d'aire à connaître ?

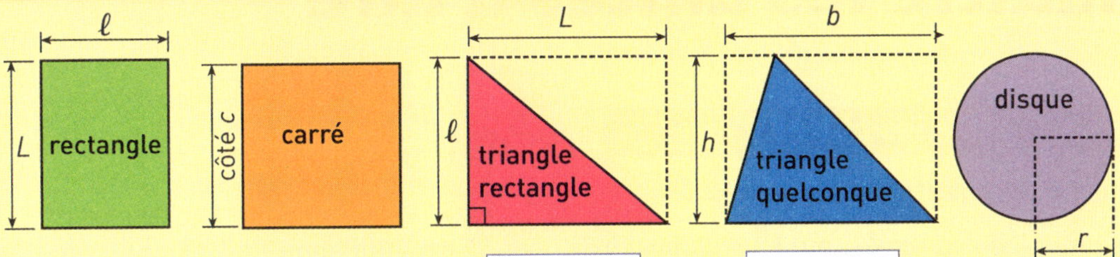

aire = $L \times \ell$ | aire = $c \times c = c^2$ | aire = $\frac{L \times \ell}{2}$ | aire = $\frac{b \times h}{2}$ | aire = $\pi \times r^2$

On prononce : « c au carré ».

On dit : $\frac{\text{base} \times \text{hauteur}}{2}$

4 Quelle est l'aire

a. d'un carré de 6,5 cm de côté ? ....

b. d'un rectangle de 14 dm de long sur 9,5 dm de large. ....

c. d'un triangle rectangle dont les côtés de l'angle droit mesurent 36 dam et 4 dam.

....

5 Avec des morceaux de disque

On examine les figures Ⓐ et Ⓑ de l'exercice 2.

Calcule les deux aires en nombre de carreaux, à 0,01 carreau près.

....

6 L'aire d'un jardin

Calcule l'aire (en m²) d'un jardin rectangulaire, sachant que la largeur mesure 23,5 m et que la longueur mesure 8,2 m de plus que la largeur.

....

7 L'aire d'un terrain

Calcule l'aire (en m²) du terrain représenté ci-contre.

....

....

....

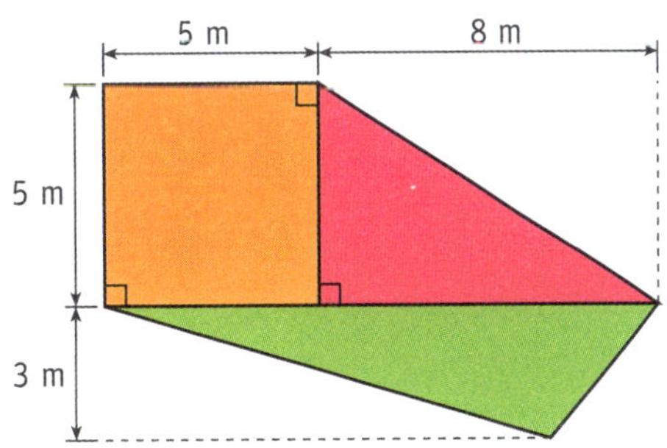

COUP DE POUCE
Calcule d'abord l'aire de chaque partie !

8 Aire d'un pavé droit

a. Calcule l'aire totale des faces d'un cube de 11 cm d'arête.

....

b. Réalise le même travail pour un pavé droit ayant 8 cm de longueur, 7 cm de largeur et 3 cm de hauteur.

....

CORRIGÉS P. 26

Connaître les unités d'aire

Quelles relations y a-t-il entre les unités d'aire ?

- Les unités d'aire sont le **mètre carré** (m^2) et ses dérivés :

km^2	hm^2	dam^2	m^2	dm^2	cm^2	mm^2

1 m = 10 dm et $1\ m^2 = 100\ dm^2$

Explication :

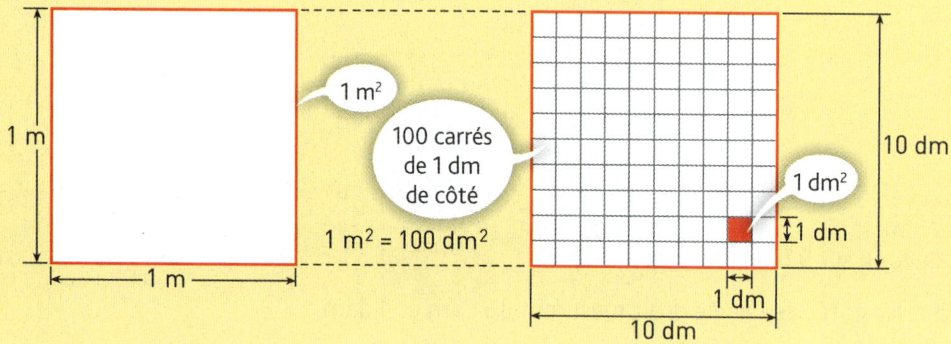

- Et plus généralement :

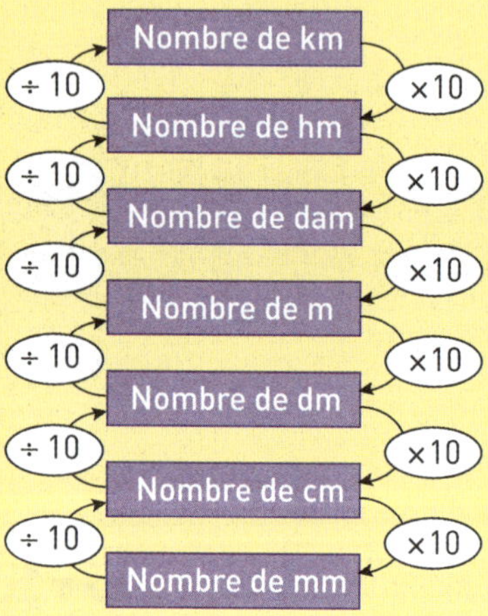

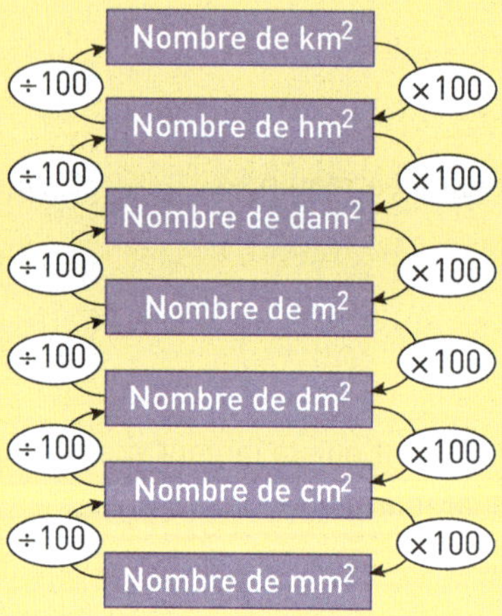

Exemples :
$1\ km^2 = 100\ hm^2$
$1\ hm^2 = 0{,}01\ km^2$
$1\ cm^2 = 100\ mm^2$
$1\ mm^2 = 0{,}01\ cm^2$

D'après ce qui précède,
$153\ 000\ mm^2 = 1\ 530\ cm^2 = 15{,}3\ dm^2$;
$0{,}005\ 4\ km^2 = 0{,}54\ hm^2 = 54\ dam^2$.

1 Convertir en m^2

a. $35\ dam^2$ = ……………………………………

b. $50\ dm^2$ = ……………………………………

c. $2\ 001\ dam^2$ = ……………………………………

d. $3\ 650\ dm^2$ = ……………………………………

e. $5\ hm^2$ = …………………………………… dam^2 = …………………… m^2

f. $11\ 200\ cm^2$ = …………………………………… dm^2 = …………………… m^2

g. $0{,}23\ hm^2$ = …………………………………… = …………………… m^2

h. $100\ 000\ cm^2$ = …………………………………… = …………………… m^2

COUP DE POUCE
Pour les dernières conversions, passe par une unité intermédiaire.

2 Convertir en dm²

a. 3,7 m² = ……………… c. 0,25 m² = ………………

b. 68,5 cm² = ……………… d. 3 740 cm² = ………………

e. 0,12 dam² = ……………… m² = ……………… dm²

f. 36 500 mm² = ……………… cm² = ……………… dm²

g. 3 dam² = ……………… = ……………… dm²

h. 105 000 mm² = ……………… = ……………… dm²

COUP DE POUCE
Pour les dernières conversions, passe par une unité intermédiaire.

3 Convertir en m²

a. 6 dam² + 71 m² = ………………

b. 15 dam² + 1,5 m² = ………………

c. 5,3 dam² + 104 m² = ………………

d. 7 hm² + 18 dam² + 36 m² = ………………

e. 0,3 hm² + 3 000 m² = ………………

ATTENTION !
Écris les étapes du calcul.

4 Carrelage

On a utilisé 90 carreaux carrés de 15 cm de côté pour recouvrir les murs d'une salle d'eau.

Calcule, en m², l'aire carrelée. ………………

………………

5 Dallage

On veut recouvrir une place de 320 m² avec des dalles de 20 dm².

Est-ce que 1 500 dalles suffiront ? ………………

………………

Quelles sont les unités d'aire en agriculture ?

- Pour l'aire des terrains, on utilise souvent l'**are** (symbole a) et l'**hectare** (symbole ha).
- Par définition : 1 a = 1 dam² (= 100 m²) et 1 ha = 1 hm² (= 100 a).

6 Sur le terrain

Un terrain est composé de deux parcelles ; la première mesure 3 hectares et la seconde mesure 26 ares de plus que la première. Quelle est l'aire totale de ce terrain (en hectares) ?

………………

………………

COUP DE POUCE
Le résultat est un nombre décimal.

7 Héritage

Un père a légué un terrain de 1 km² à sa fille et un autre de 10 ha à son fils.

Qui a reçu la plus grande surface ? ………………

CORRIGÉS P. 27

Mesurer des volumes

Comment peut-on calculer un volume ?

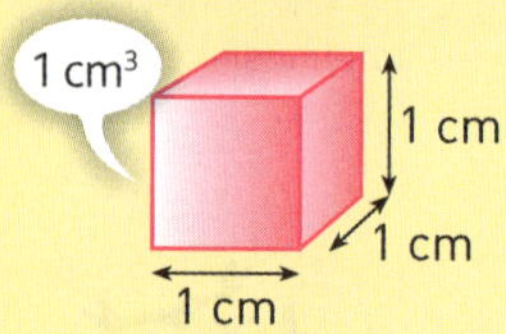

Le centimètre cube

Le volume d'un cube de 1 cm d'arête est 1 centimètre cube (on note : 1 cm³).

Exemple de calcul de volume

Combien y-a t-il de cm³ dans un parallélépipède de dimensions 4 cm, 3 cm et 2 cm ?

Remplissons le parallélépipède avec des cubes de 1 cm³.

Pour faire la première couche, on utilise $4 \times 3 = 12$ cm³.

Or, il faut 2 couches pour remplir le parallélépipède.

Donc, le volume du parallélépipède est de $4 \times 3 \times 2 = 24$ cm³.

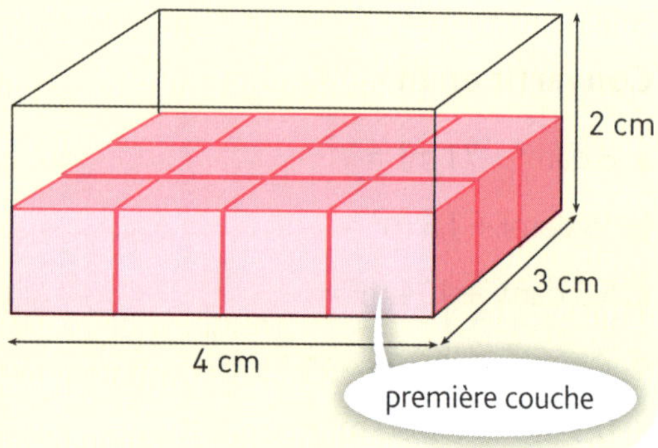

Formule pour calculer le volume d'un pavé droit

Volume = longueur × largeur × hauteur

Si les dimensions sont en m, le volume est en m³.

Si elles sont en cm, il est en cm³, etc.

ATTENTION !
Il ne suffit pas de compter les cm³ apparents.

1 Volume d'un cube

Voici un cube de 2 cm d'arête. Combien contient-il de cm³ ?

....

On dit que son volume est : ....

COUP DE POUCE
Cherche d'abord le nombre de cm³ dans une couche.

2 Volume d'une boîte d'allumettes

Les arêtes mesurent 7 cm, 5 cm et 2 cm.

Calcule le volume de la boîte en cm³ :

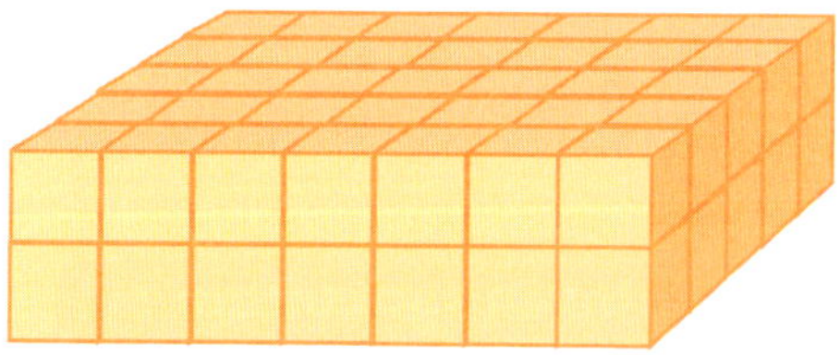

....

3 Boîtes de cubes

a. Eliott a reçu une grande boîte de cubes, tous de mêmes dimensions. Tout près de sa boîte, il a réalisé trois alignements de cubes correspondant à la largeur, la longueur et la hauteur de la boîte. Combien de cubes peut contenir la boîte d'Eliott ?

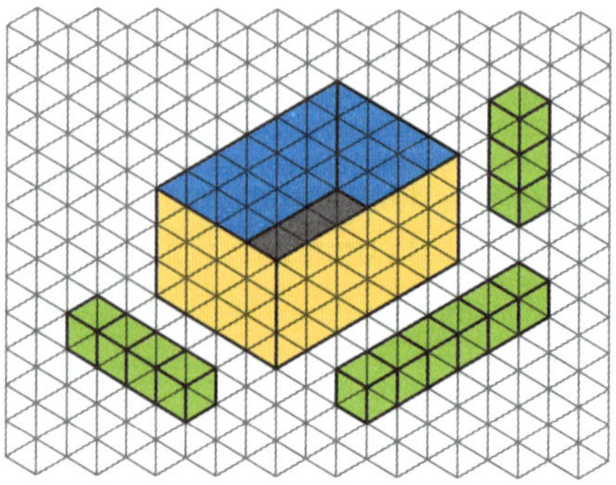

....

....

b. Séréna, la sœur d'Eliott, a reçu une autre boîte qui accepte 5 cubes en largeur, 7 cubes en longueur et 2 cubes en hauteur. Qui a la plus grande boîte, Eliott ou Séréna ?

....

4 Les petits cubes dans les grands

a. Observe la figure et calcule le nombre de cm^3 dans 1 dm^3.

....

....

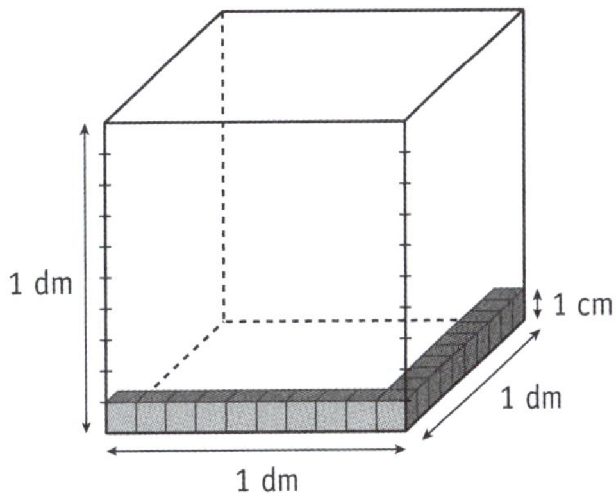

b. En changeant l'échelle de la figure, on pourrait remplacer cm par mm et dm par cm. Cela montrerait que :

1 cm^3 = ... mm^3.

De la même façon, on prouverait que :

1 m^3 = 1 000 ....

INFO

Les égalités (re)découvertes ici sont à retenir.

Quelles unités pour les volumes et les contenances ?

Unités de volume

Ce sont le **mètre cube** (m^3) et ses dérivés (dm^3 ; cm^3 ; mm^3).

Les unités de volume vont **de 1 000 en 1 000** :

1 m^3 = 1 000 dm^3 ; 1 dm^3 = 1 000 cm^3 ; 1 cm^3 = 1 000 mm^3.

Unités de contenance

Ce sont le **litre** (L), le décilitre (dL), le centilitre (cL) et le millilitre (mL).

Les unités de contenance vont **de 10 en 10** (comme celles de longueur et de masse) :
1 L = 10 dL ; 1 dL = 10 cL ; 1 cL = 10 mL.

Il y a aussi le décalitre et l'hectolitre : 1 daL = 10 L ; 1 hL = 100 L.

Lien entre volume et contenance

1 L = 1 dm^3 ; 1 mL = 1 cm^3 ; 1 000 L = 1 m^3.

5 Pour casser la graine

a. On stocke du grain dans une caisse ayant 1,2 m de longueur, 70 cm de largeur et 50 cm de hauteur. Combien cette caisse contient-elle de dm^3 ?

....

b. Après avoir rempli la caisse, on y prélève chaque jour 2 litres de grain pour soigner les volailles. Au bout de combien de jours la caisse sera-t-elle vide ?

....

6 À tire-larigot

Un tonneau contient un demi-mètre cube de grenadine. Chaque jour de la semaine, Gaston va tirer 2 magnums de 1,5 litre pour désaltérer sa famille. Le dimanche, il en tire le double. Dans combien de semaines le tonneau sera-t-il vide ?

....

....

....

CORRIGÉS P. 27

Mesurer et reporter des angles

Comment mesure-t-on un angle ?

On mesure un angle avec un **rapporteur**.

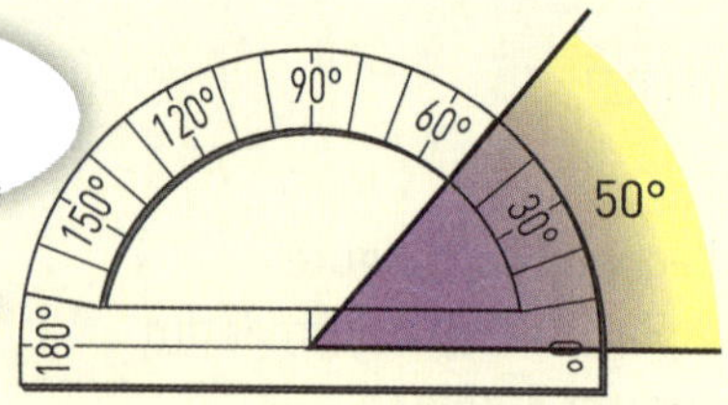

Unité de mesure d'angle

Le **degré** est une unité d'angle :
un angle droit mesure 90 degrés (90°).

Les différents angles à connaître

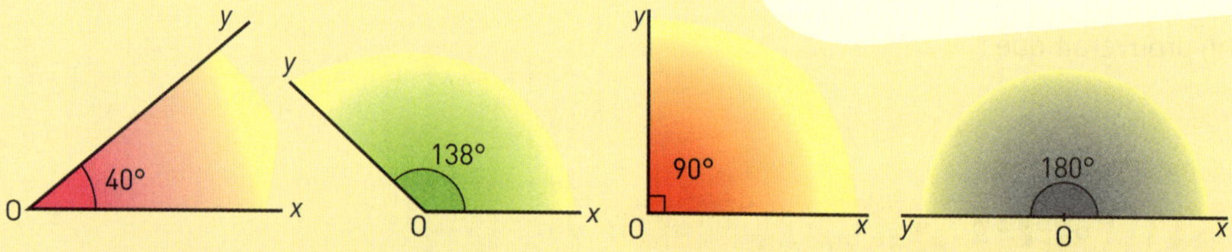

Angle **aigu**	Angle **obtus**	Angle **droit**	Angle **plat**
$0° < \widehat{xOy} < 90°$	$90° < \widehat{xOy} < 180°$		

COUP DE POUCE
Exercices 1 à 3 : utilise le rapporteur et prolonge les côtés de l'angle s'ils sont trop courts !

1 Mots et mesures

Complète chaque phrase par l'un des mots : *obtus*, *aigu*, *plat*, *droit* et indique la mesure de chaque angle.

a. $\widehat{BEC}$ est .... $\widehat{BEC}$ = ...

b. $\widehat{BEL}$ est .... $\widehat{BEL}$ = ...

c. $\widehat{LEC}$ est .... $\widehat{LEC}$ = ...

d. $\widehat{CBE}$ est .... $\widehat{CBE}$ = ...

e. $\widehat{ECB}$ est .... $\widehat{ECB}$ = ...

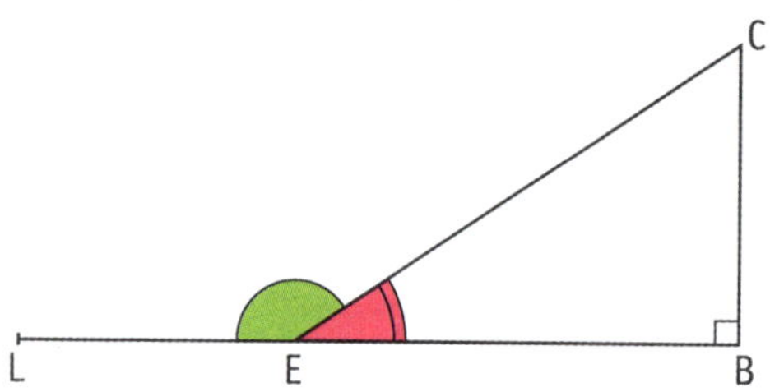

2 Bien droit

a. Construis les angles $\widehat{xOy}$ et $\widehat{yOz}$ tels que $\widehat{xOy} = 63°$ et $\widehat{yOz} = 27°$.
Les angles ne doivent pas se superposer.

b. Que peux-tu dire de l'angle $\widehat{xOz}$?

....

3 Bien plat

a. Construis les angles $\widehat{xOy}$ et $\widehat{yOz}$ tels que $\widehat{xOy} = 73°$ et $\widehat{yOz} = 107°$.
Les angles ne doivent pas se superposer.

b. Que peux-tu dire de l'angle $\widehat{xOz}$?

....

4 Construction d'un triangle

a. Construis un triangle ABC tel que $\hat{A} = 50°$ et $\hat{B} = 55°$.

b. On sait que la somme des angles d'un triangle vaut 180°. Calcule la mesure de $\hat{C}$ et vérifie sur la figure avec le rapporteur.

....

COUP DE POUCE
On ne précise pas les longueurs des côtés. Essaie d'occuper toute la place disponible.

5 Construction d'un quadrilatère

a. Construis un quadrilatère ABCD tel que :
AB = 8 cm (déjà dessiné)
$\hat{A} = 50°$, $\hat{B} = 80°$,
BC = 4 cm et $\hat{C} = 110°$.

b. On sait que la somme des angles d'un quadrilatère vaut 360°. Calcule la mesure de $\hat{D}$ et vérifie avec le rapporteur.

....

....

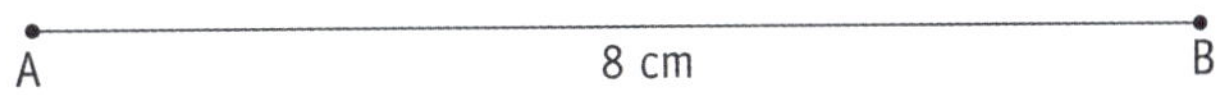

6 Élection départementale

Sur 3 500 votants, M. Propre a obtenu 25 % des voix, M. Rétro en a obtenu 35 % et Mme Rose 40 %.

a. Calcule le nombre de voix obtenu par chacun des candidats.

- M. Propre : ....
- M. Rétro : ....
- Mme Rose : ....

COUP DE POUCE
b. Calcule 25 %, 35 % puis 40 % de 360°.

b. Sur un diagramme circulaire (ou « camembert »), on veut construire 3 secteurs représentant le vote.

Pourcentage	25	35	40	100
Angle				360°

- Angle de M. Propre : ....
- Angle de M. Rétro : ....
- Angle de Mme Rose : ....

c. Construis les 3 secteurs et colorie-les de 3 couleurs différentes.

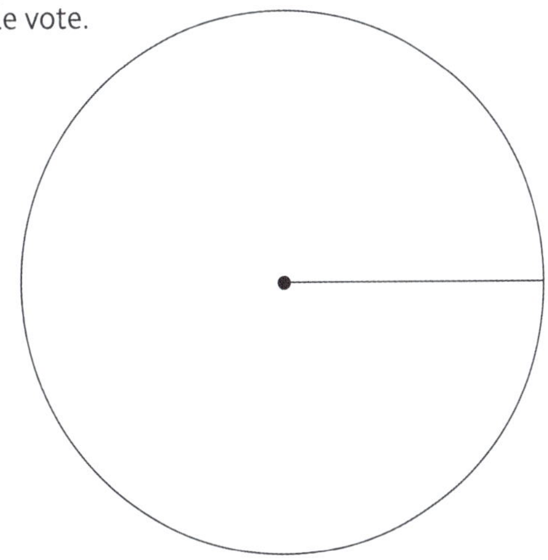

CORRIGÉS P. 28

Bilan

Vers la 5e...

1 Le bon choix

> **INFO**
> Ici, tu effectues une **division « entière »** (chapitre 6) ; tu appliques un taux de **pourcentage** (chapitre 12) ; tu utilises des **parenthèses** (chapitre 10) ; tu calcules une **fraction d'une quantité** (chapitre 9)...

Pour chaque question, choisis la bonne réponse.

1. Le reste de la division entière de 128 par 11 est : ❏ **a.** 11 ❏ **b.** 13 ❏ **c.** 7

2. On ajoute l'un des trois nombres suivants à 2 017. Pour que la somme soit divisible par 9, on doit choisir : ❏ **a.** 8 ❏ **b.** 9 ❏ **c.** 0

3. Les longueurs des côtés du triangle ci-contre augmentent de 15 %. Alors son nouveau périmètre vaut :
❏ **a.** 92,15 mm ❏ **b.** 107 mm ❏ **c.** 105,8 mm

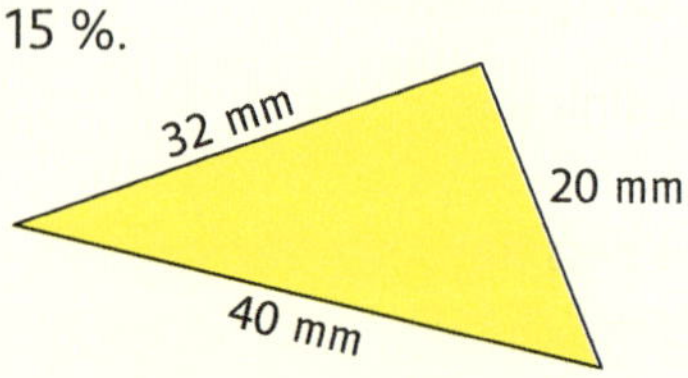

4. L'expression $(7 \times 8) - [14 - (9 \div 2)]$ est égale à :
❏ **a.** 37,5 ❏ **b.** 46,5 ❏ **c.** 53,5

5. 125 cm³ est égal à : ❏ **a.** $\frac{1}{8}$ de litre ❏ **b.** 12,5 mL ❏ **c.** 1,25 dm³

2 Cercle encadré

> **INFO**
> Pour réussir cet exercice, tu dois maîtriser les notions du programme relatives au **cercle** (chapitre 14) et aux **périmètres** (chapitres 23 et 24).

Dans un carré ABCD, on considère le cercle de centre O et de rayon 1,5 cm (voir la figure ci-contre).

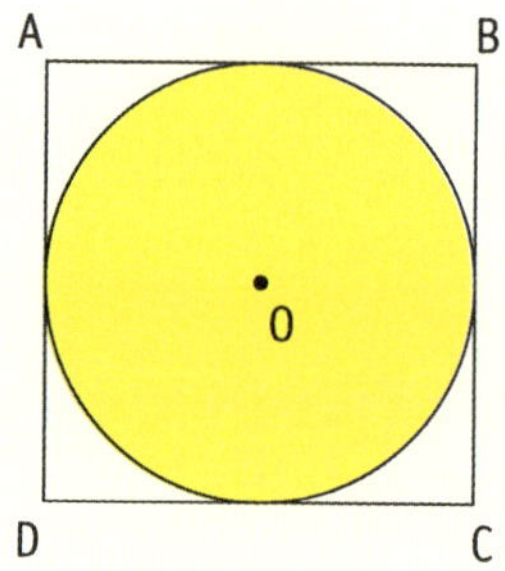

1. Calcule la longueur du cercle arrondi à 0,01 cm.

2. Calcule le périmètre du carré.

3. Place deux points Z et Y alignés avec O et B et tels que OZ = OY = 1,5 cm.

4. Trace sans l'équerre le diamètre du cercle perpendiculaire à (BD).

5. Marine a écrit OC < 1,5 cm. Es-tu d'accord avec ce résultat ? Justifie.

3 Triangle, losange et compagnie

> **INFO**
> Voici un exercice de **géométrie** très complet (chapitres 13 à 18). Tu te lances ?

1. Construis, avec le compas, le triangle ABC ci-contre.

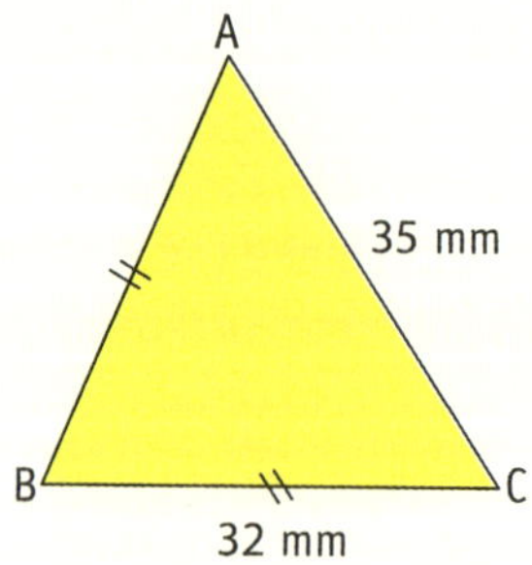

2. Construis le sommet D du losange ABCD.

3. Construis la médiatrice *d* de [BC].

4. Que peut-on dire des droites *d* et (AD) ? Justifie.

5. *d* coupe (AD) en Z. Que dire du triangle ZBC ? Justifie.

6. Quel est le symétrique de B par rapport à la droite *d* ? Justifie.

4 Jus de pomme

> **INFO**
> Cet exercice comprend un calcul de **proportionnalité** (chapitre 11), des **divisions** avec des nombres décimaux (chapitre 7)...

Une variété de pomme donne 2 L de jus pour 5 kg de pommes.

1. On a rempli une cuve de 25 hL. Combien de kg de pommes a-t-on pressés ?

2. Le jus de pomme est mis dans des bouteilles de $\frac{3}{4}$ de litre. Combien de bouteilles pleines a-t-on obtenues ?

3. La dernière bouteille est-elle plus qu'à moitié pleine ?

4. On range ces bouteilles dans des casiers de 12 bouteilles. Combien de casiers faut-il prévoir pour ranger toutes ces bouteilles ?

5 Au rapporteur

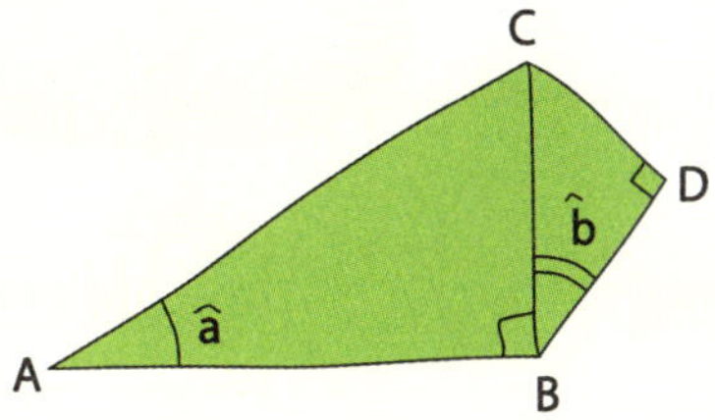

La figure ci-contre a été dessinée à main levée.
Elle est composée de deux triangles rectangles.
On sait que AB = 5 cm, $\hat{a}$ = 35° et $\hat{b}$ = 23°.

1. Construis, en vraie grandeur, cette figure.

2. Mesure l'angle $\widehat{ACD}$.

INFO
Pour réaliser cette construction géométrique, tu vas construire et mesurer des **angles** (chapitre 28).

6 Questions de temps

1. Une personne a vécu un milliard de secondes.
A-t-elle dépassé sa trentième année ? (Prends des années de 365 j.)

2. Il est très exactement 17 h 58 min 49 s.
Le feu rouge m'indique qu'il reste 4 min 23 s à attendre.
À quelle heure passera-t-il au vert ?

3. Est-il vrai qu'il fallut plus de deux ans et demi à Shéhérazade pour raconter ses contes des Mille et Une Nuits ?

4. Sabrina a utilisé son téléphone portable de 23 h 47 min à 1 h 19 min.
Combien de temps a-t-elle utilisé son portable ?

INFO
Es-tu à l'aise avec les calculs de **durées** (chapitre 22) ? C'est le moment de le vérifier.

7 C'est du solide

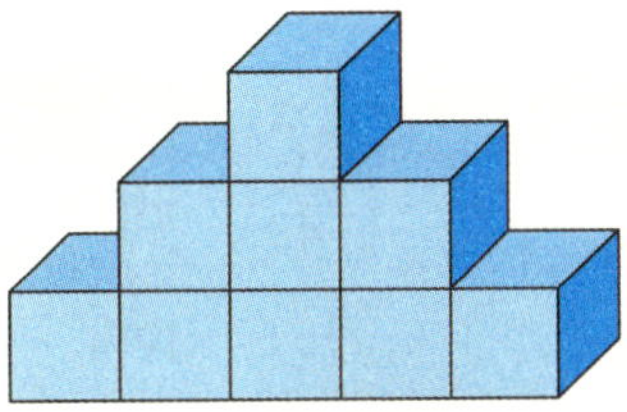

1. Vladimir a empilé des cubes de la façon ci-contre.
Son édifice a une hauteur de 21 cm.
Calcule le volume de l'édifice.

2. Une pyramide a le même nombre d'arêtes qu'un pavé droit.
Que peut-on dire de sa base ?

3. Un prisme droit a 7 faces. Combien de sommets a-t-il ?

4. Le patron de cube ci-contre a un périmètre de 182 cm.
Calcule le volume du cube.

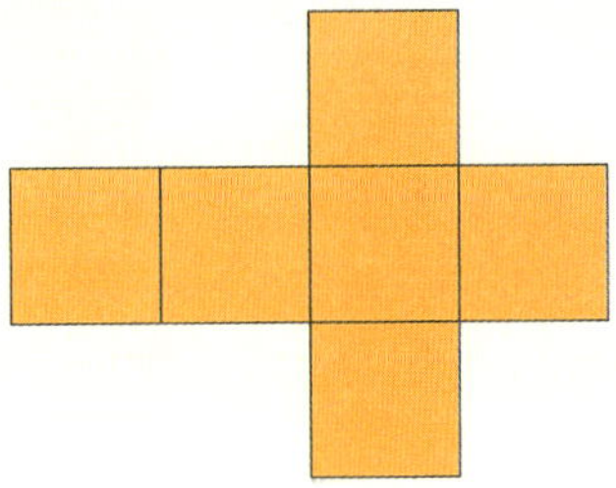

INFO
Cet exercice porte sur tous les **solides** au programme (chapitres 20 et 21).

8 Aire d'un terrain

Un terrain est composé de 4 parcelles : un triangle, un triangle rectangle, un carré de 80 m de côté et un rectangle de 250 m sur 120 m. Le terrain totalise 330 m dans sa plus grande dimension (voir figure).
Calcule l'aire totale du terrain.

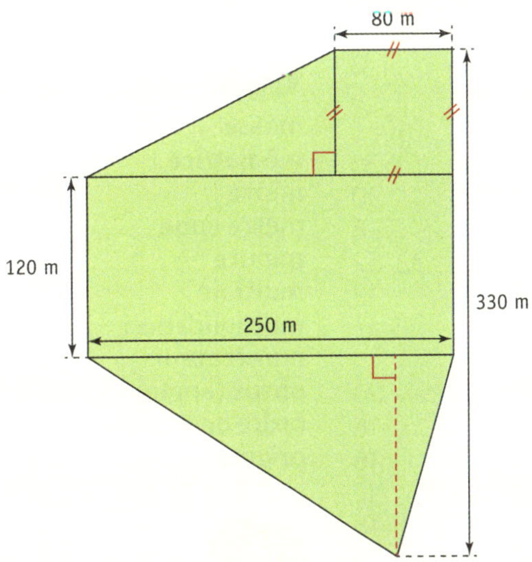

INFO
Un dernier exercice avec des calculs d'**aires** (chapitres 25 et 26) et te voici fin prêt pour la 5e !

Plus d'exercices sur **www.hatier-entrainement.com**

CORRIGÉS P. 29

Les mots clés

d. au début du cahier
f. à la fin du cahier

A, B

abscisse 10
addition 12, 48
aigu (angle) 60
aire 54, 55, *d.* et *f.*
alignés (points) 31
angle 60, *f.*
approché (quotient) 18
are 57, *f.*
arête 44, 46
arrondi 9
axe de symétrie 40, 42
base 36, 46

C

carré 38, 42, *d.*
cercle 32, 52, *d.*
cerf-volant 43
coefficient de proportionnalité 27
comparaison 8
compas 32, 34
contenance 59, *f.*
côté 38, *d.*
croissant (ordre) 8
cube 44, *d.*

D

décimal (nombre) 6, *d.*
décimètre 50, *f.*
décroissant (ordre) 8
défaut (par) 9
degré 60, *f.*
demi-droite 31
dénominateur 20
diagonale 38
diamètre 32, 52
différence 12
disque 55, *d.*
distance d'un point à une droite 31
dividende 16
diviseur 16
divisible, divisibilité 17
division décimale 18
division entière 16
droit (angle) 60
droite 30
durée 48, *f.*

E, F, G

encadrement 9
équerre 31
équidistant 34
équilatéral 36
euclidienne (division) 16
excès (par) 9
face 44, 46
facteur 14
fraction 20
graduée (droite) 10
gramme 50, *f.*

H, I, J

hauteur (parallélépipède) 44, *d.*
hauteur (triangle) 55, *d.*
hectare 57, *f.*
heure 48, *f.*
hexagone régulier 32
hypoténuse 36
inférieur 8
isocèle 36, 42
jour 48, *f.*

L

largeur 44, *d.*
latérale (face) 46
ligne (calcul en) 12, 24
litre 59, *f.*
longueur 44, 50, *d.* et *f.*
losange 38, 42

M, N, O

masse 50, *f.*
médiatrice 34
mètre 50, *f.*
mètre cube 59, *f.*
minute 48, *f.*
multiple 17
multiplication 14, 22
numérateur 20
obtus (angle) 60
ordre de grandeur 13
origine 10

P

parallèle 30
parallélépipède 44, *d.*
parallélogramme 38
parenthèses 24
partie entière 6
passage à l'unité 26
patron 45, 47
pavé droit 44
périmètre *d.*
perpendiculaire 30
pi (π) 52
plat (angle) 60
pourcentage 28
principal (sommet) 36, 46
prisme 46
produit 14
proportionnalité 26
pyramide 46

Q, R

quadrilatère 38
quintal 50, *f.*
quotient 16, 18
rang 15, 19
rapporteur 60
rayon 32, 52
rectangle 38, 42, *d.*
reste 16
retenue 12

S

sécante 30
seconde 48, *f.*
segment 31
somme 12
sommet 36, 44, 46
soustraction 12, 48
supérieur 8
symétrique 40

T, U, V

taux 28
terme 12
tonne 50, *f.*
triangle 36, 55, *d.*
troncature 9
unités d'aire 54, 56
unités de mesure *f.*
unités de volume 59
volume 58, 59, *d.* et *f.*